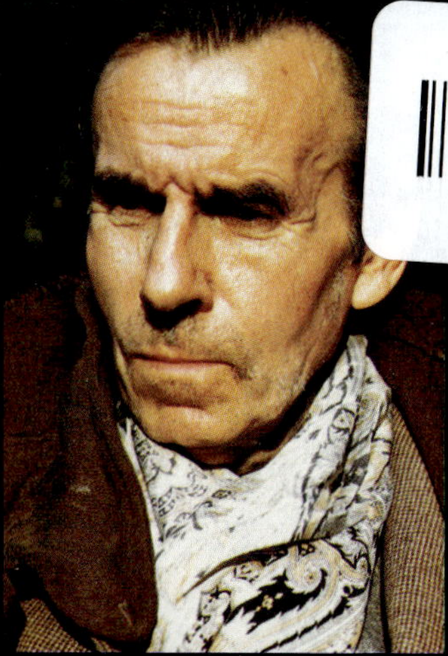

Pas vrai ?

ma vie . . .

intéresser

nue . . .

Pas de photos
de moi...

Je n'aime
pas
ça!

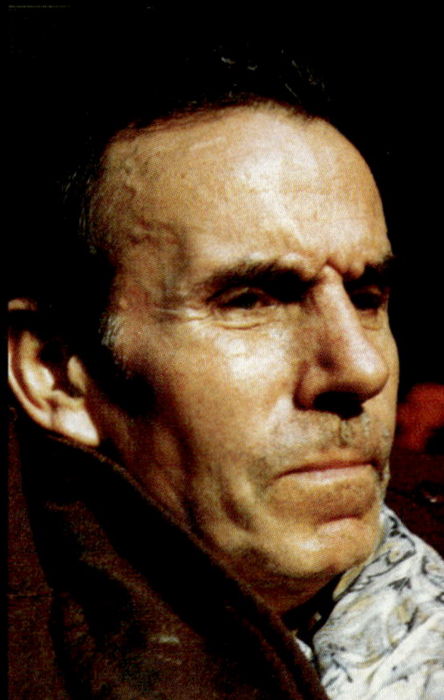

Au commencement
était
l'émotion.

retrouver l'émotion
du "parlé"
à travers l'écrit!

C'est pas
rien,
c'est infime
mais c'est

quelque
chose!

Je suis un styliste
Un maniaque,
quoi!

La feuille
de papier blanc,

c'est ma
pierre
tombale

"Ci-gît l'auteur."

SOMMAIRE

CÉLINE

« ÇA A DÉBUTÉ COMME ÇA »

Pascal Fouché

DÉCOUVERTES GALLIMARD
LITTÉRATURES

Louis-Ferdinand Destouches publie son premier roman, *Voyage au bout de la nuit*, à l'âge de 38 ans, sous le nom de Louis-Ferdinand Céline. Il connaît aussitôt la célébrité, manquant de peu le prix Goncourt. Mais ce chef-d'œuvre de la littérature française du XXe siècle n'est pas né en quelques jours de l'imagination de son auteur : il s'est nourri de sa propre expérience. Une vie déjà bien remplie, qu'il a dû retravailler pour en faire un roman épique.

CHAPITRE 1

LE ROMANCIER

« La Seine a gelé cette année-là. Je suis né en mai. C'est moi le printemps », écrit Céline (ci-contre vers 1896 et à gauche vers 1916) dans *Mort à crédit*. Dans ses romans comme dans sa correspondance ou ses interviews, il a sans cesse utilisé des éléments de sa vie – parfois tels, souvent transformés à l'excès, mais jamais innocents. Céline s'est construit peu à peu une légende plus noire que la réalité.

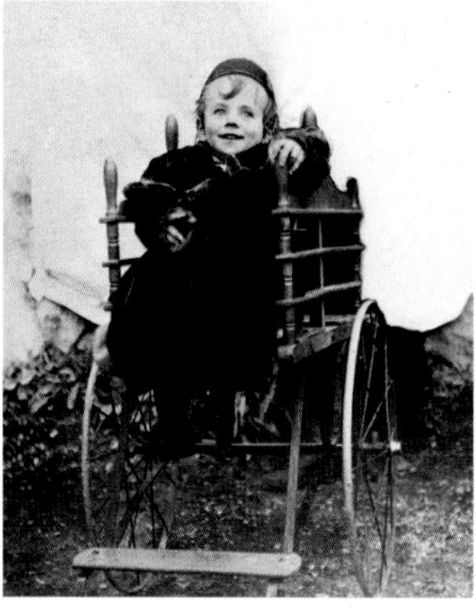

L'enfance et l'univers familial, le passage Choiseul

Louis-Ferdinand Destouches est né le 27 mai 1894 à Courbevoie. Sa mère, Marguerite Guillou, y tient une boutique de « modes et lingerie ». Son père, Fernand, est correspondant d'une compagnie d'assurances, Le Phénix. Louis, fils unique, est placé en nourrice à Voisines, dans l'Yonne, puis à Puteaux. Trois ans plus tard il retrouve ses parents, désormais installés à Paris, rue de Babylone, puis rue Ganneron. Marguerite reprend en 1899, au 67, passage Choiseul, une boutique d'« objets de curiosité » pour y exercer son métier de dentellière ; ce cadre bien particulier servira de décor au futur écrivain, qui fréquente l'école communale de la rue Louvois. En 1904, la famille traverse le passage pour s'installer au numéro 64 mais, au mois de décembre, la mort de Céline Guillou, sa grand-mère maternelle, marque profondément Louis qui

Contrairement au personnage de Ferdinand de *Mort à crédit*, le jeune Louis Destouches eut une enfance sage et choyée (ci-dessus bébé dans les bras de sa mère ; ci-dessous à neuf ans, posant entre Fernand et Marguerite, ses parents).

en était très proche. Il s'en souviendra au moment de choisir son pseudonyme. Après quelques mois à Saint-Joseph des Tuileries, il entre à l'école communale de la rue d'Argenteuil, où il obtient le certificat d'études primaires le 21 juin 1907. C'est un enfant plutôt sage et solitaire qui grandit dans un milieu modeste mais dans lequel il est très protégé.

L'adolescence

Pour préparer une carrière dans le commerce à laquelle ses parents le destinent, Louis doit apprendre des langues étrangères. Il effectue d'abord deux séjours en Allemagne : l'un d'août 1907 à juillet 1908 dans une école à Diepholz ; l'autre de septembre à décembre 1908 dans une famille à Karlsruhe. Puis après l'Allemagne, c'est l'Angleterre : en février 1909, il est envoyé à Rochester qu'il quitte un mois plus tard, parce que la pension n'est pas aussi sérieuse qu'elle le paraissait, pour Broadstairs, où il reste jusqu'en novembre. Si ces voyages lui apprennent à vivre loin de ses parents, et s'il s'en servira en racontant l'enfance d'un nommé Ferdinand, ce n'est que devenu adulte, en retournant à Londres, qu'il commencera à apprécier l'éloignement du milieu familial.

Le 1er janvier 1910, Louis commence son apprentissage commercial. Il est successivement stagiaire dans la bonneterie Chez Raimon puis dans la bijouterie Chez Robert et Wagner. Le travail ne le passionne pas, il préfère la lecture. En octobre 1911, il est engagé chez Lacloche Frères, joailliers rue de la Paix, et affecté en novembre à leur succursale de Nice.

« Moi, j'ai été élevé au passage Choiseul dans le gaz de 250 becs d'éclairage. Du gaz et des claques, voilà ce que c'était, de mon temps, l'éducation. J'oubliais : du gaz, des claques et des nouilles. Parce que ma mère était dentellière, que les dentelles, ça prend les odeurs et que les nouilles n'ont aucune odeur », confiait Céline à Pierre Descargues en 1957. Dans *Mort à crédit*, Céline transforme le passage Choiseul en Passage des Bérésinas, qui est devenu un lieu symbolique, une sorte de cour des Miracles.

Qu'il pose fièrement dans une charrette pendant les vacances ou dans un jardin pendant son séjour en Angleterre, Louis Destouches donne l'image d'un enfant puis d'un adolescent bien ordinaire. Il faudra toute l'horreur de la guerre, quelques voyages, puis la confrontation avec la réalité sociale de son époque pour que l'écrivain trouve ce ton unique qui le caractérise.

« À force de taper, de racler tous les plats bien avant que les autres m'invitent je devenais comme un fléau à table. Les mômes ils reluquaient mon écuelle, ils me filaient des regards criminels, y avait la lutte c'est évident... Je m'en foutais je causais à personne... J'aurais remangé même quelques nouilles, si on m'avait provoqué, tellement que j'avais faim encore... Un collège où on boufferait en suffisance, il irait à la faillite... [...] C'était vraiment moi le plus fort, et peut-être le plus méchant... Français ou Anglais, les lardons c'est tout du kif comme vermine... Faut piétiner ça dès l'entrée... Faut pas y aller avec le dos, ça se corrige d'autor ou jamais! À la détrempe! la Capitale! Sinon c'est vous qu'on escalade!... »

Mort à crédit

Pour faire coïncider son retour avec celui du fils Lacloche avec lequel il a été formé, il devance l'appel en s'engageant pour trois ans le 28 septembre 1912 dans la cavalerie. La guerre qui survient termine son apprentissage de la vie, même s'il ne la connaît que quelques semaines avant d'être blessé et hospitalisé.

De Londres à Dipikar

Rétabli, Louis est affecté en mai 1915 au service des passeports du consulat général de France à Londres. Toute sa vie, il se déclarera fasciné par cette ville que l'on retrouvera dans ses romans. Réformé le 2 septembre, il y reste jusqu'au début de l'année suivante. Il y découvre le

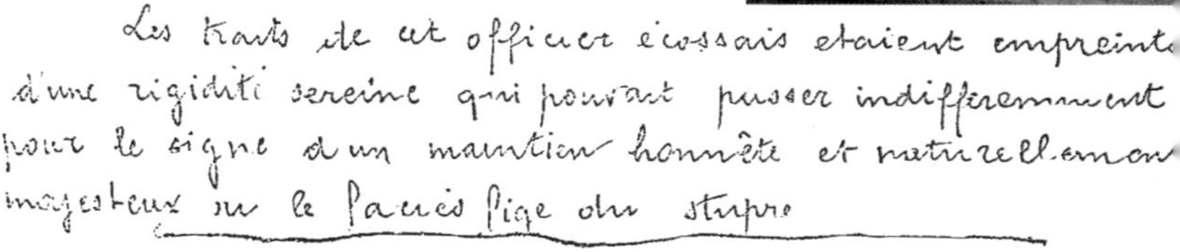

Les traits de cet officier écossais étaient empreints d'une rigidité sereine qui pouvait passer indifféremment pour le signe d'un maintien honnête et naturellement majestueux ou le Pariés Pige du stupre

music-hall et la pègre de Soho et se marie le 19 janvier 1916, à l'insu de ses parents, avec Suzanne Nebout. Le mariage, peut-être parce qu'il était de pure convenance, n'est même pas déclaré au consulat et, quelques semaines plus tard, il rentre seul à Paris.

Après Londres, c'est l'Afrique qu'il choisit pour s'éloigner à nouveau de la guerre. En mars 1916, il est engagé comme « surveillant de plantation » par une compagnie forestière. Premier contact avec le continent, il arrive par bateau à Douala au Cameroun en juin. Il le raconte en écrivant notamment à ses parents et à ses amis Simone Saintu et Albert Milon, auxquels il fait part de ses impressions. Déjà, il se nourrit d'anecdotes dont il se servira plus tard dans *Voyage au bout de la nuit*. Affecté à la plantation de Bikobimbo, au nord de l'ancien poste allemand de Dipikar, il parcourt la région. Ses premiers écrits littéraires, une nouvelle non retrouvée, deux poèmes en vers et un fragment de traduction de Kipling datent de cette époque, mais, notamment confronté aux épidémies et à la dysenterie, huit mois suffisent pour

Définitivement marqué par la guerre dont il est sorti meurtri mais avec les honneurs, Louis Destouches (ci-dessus en congé de convalescence et page de droite vers 1916) s'éloigne. Londres puis l'Afrique sont les lieux où il découvre de nouvelles expériences. Il s'y forge ses vocations de médecin et sans doute d'écrivain. Rentrant d'Afrique, son premier véritable récit, retrouvé en 1975, est une brève nouvelle, « Des Vagues » (extrait ci-dessus), signée *L. des Touches*, dans laquelle perce déjà l'imagination mais manque encore le style qui fera le succès de Céline.

venir à bout de ses rêves de gloire et de fortune.
En février 1917, souffrant, épuisé, il rompt son contrat et regagne Douala d'où il embarque pour Liverpool. Au cours de la traversée, il rédige une nouvelle, « Des Vagues », datée du 30 avril. L'écriture, semble-t-il, commence à le préoccuper, mais il lui faudra encore dix ans avant de s'y consacrer sérieusement.

Eurêka

De retour à Paris à l'automne après un nouveau séjour à Londres, Louis commence à travailler avec

"Cher Papa
Je lis dans les vieux journaux que vous êtes envahi par les moustiques, ceci ne me surprend pas, en comparant l'hygiène que l'on observe aux colonies à leur propos et l'insouciance avec lesquels on les traite en France – Néanmoins, l'Afrique et surtout l'Afrique Équatoriale en sont infestées [...] Il règne sur le compte des moustiques une vieille histoire légèrement exagérée et de source belge – On raconte qu'un colon de Brazzaville (ville réputée par l'abondance des moustiques) se trouva un jour tellement incommodé par ces derniers qu'il se réfugia dans une chaudière à caoutchouc démontée qui se trouvait sur le fleuve Congo – Il s'installa tant bien que mal à l'intérieur, mais les moustiques furieux faisaient une musique d'enfer le long des parroies, il prit alors un marteau et cogna, cogna – si bien que le lendemain il se trouvait à Matadi – à 800 kilomètres de la côte, capitale du Congo Belge les moustiques, ayant tous remué leurs ailes, étaient en nombre tel qu'ils avaient fait remonter à la chaudière, les courants du Congo... Y compris le colon voyageur malgré lui – Sous toutes réserves."

Lettre de Céline à son père, Bikobimbo, 29 septembre 1916

Raoul Marquis, dit Henry de Graffigny, directeur d'une revue de vulgarisation scientifique semble-t-il assez farfelue, *Eurêka*, qui servira de modèle au *Génitron* de *Mort à crédit*. En février 1918, Louis Destouches y signe la traduction d'un article américain sur le progrès. Tous deux sont alors engagés par une fondation, la mission Rockefeller contre la tuberculose – Louis comme conférencier et Raoul Marquis comme « mécanicien et marionnettiste ». Ils parcourent la Bretagne entre mars et novembre et sont accueillis à Rennes par le docteur Athanase Follet. Louis, après avoir quitté la mission, passe son baccalauréat à Bordeaux

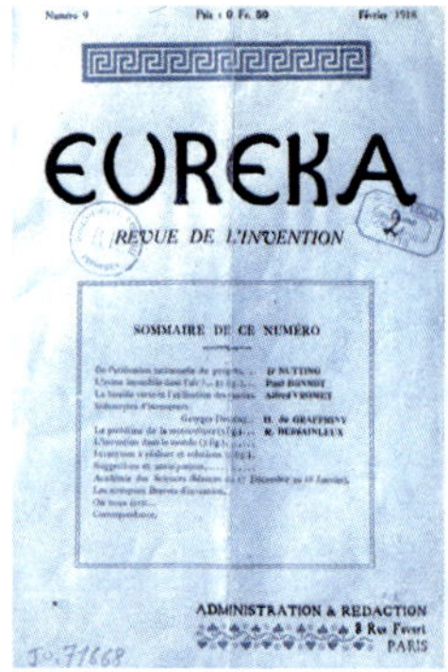

Les femmes ont occupé une place particulière dans la vie de Céline. Pour épouser Édith Follet (ci-contre), il passe son baccalauréat, fait des études de médecine et accepte de passer à l'église, mais ce premier amour, même s'il est sincère, ne résiste pas à son désir de liberté. Pourtant, même s'il multiplie les liaisons fugitives, avec une prédilection pour les danseuses, deux autres femmes compteront réellement dans sa vie : Elizabeth Craig, à qui il dédiera *Voyage au bout de la nuit* (à droite, page de titre du manuscrit, composée par Céline), et Lucette Almansor avec qui il partagera les vingt-cinq dernières années de sa vie. Céline était plus séducteur que consommateur, au point que nombre de ses amies deviendront les confidentes de ses fréquentes remises en question.

en 1919 (il a vingt-cinq ans) et épouse la fille du docteur Follet, Édith, le 10 août de la même année. Dès lors, installé à Rennes, il suit les cours de l'École de médecine. Le 15 juin 1920, Édith met au monde une fille, Colette, qui sera leur unique enfant, et trois ans plus tard le couple s'installe à Paris.

Rapidement, Louis mène une vie très indépendante et, le 21 juin 1925, Édith obtient le divorce. Louis rencontre une danseuse, Elizabeth Craig, et commence la composition d'un roman, le fameux *Voyage au bout de la nuit*, qui lui sera dédié. Il emménage avec elle à Montmartre.

Voyage au bout de la nuit

C'est, dira-t-il, après le succès de *L'Hôtel du Nord* d'Eugène Dabit, premier Prix Populiste, pour des raisons qu'il qualifiera de purement alimentaires, que Louis Destouches se met à écrire *Voyage au bout de la nuit*. Il s'inspire de ses propres expériences : la Première Guerre mondiale dont il décrit l'horreur puis l'atmosphère de l'arrière, en particulier celle de l'hôpital ; un voyage en Afrique dans une factorerie ; un séjour aux États-Unis, prétexte à une description de la vie américaine, et enfin la rencontre avec la misère comme médecin dans la banlieue parisienne. Le héros, Bardamu, y est confronté à Robinson, un second lui-même qui lui sert tant de faire-valoir que de repoussoir.

Avec une hargne héritée de son expérience de la guerre, l'écrivain dresse un constat provocant de la vie de cette époque et une critique de la société dont il exprime le désarroi avec une grande force. Aussi à l'aise dans la boucherie guerrière que dans la peinture tropicale ou le cadre urbain, il semble prendre à témoin son lecteur en le faisant vivre avec ses personnages. Avec un ton d'emblée jugé nouveau et une imagination dont l'originalité tient déjà à la déformation et au grossissement

« J'ai écrit pour me payer un appartement… C'est simple : je suis né à une époque où on avait peur du terme ! Maintenant on n'a plus peur du terme. Je me suis dit : c'est le moment du populisme. Dabit, tous ces gens-là produisaient des livres. Et j'ai dit : moi, je peux en faire autant ! Ça me fera un appartement et je n'aurai plus l'emmerdement du terme !… Sans ça je ne me serais jamais lancé. À l'heure actuelle, si on me faisait une rente, je ne me lancerais pas du tout. Je renoncerais à toute cette salade et je me reposerais… »

À Madeleine Chapsal, 1957

systématiques, il emploie une langue hybride dont le parler parisien ne parvient pas tout à fait à faire oublier la culture plutôt classique. Mais c'est certainement en côtoyant différents milieux qu'il se l'est appropriée. Bouleversant l'ordre des mots et l'agencement de la syntaxe, avec un rythme et un phrasé toujours renouvelés, il accède à un étonnant lyrisme.

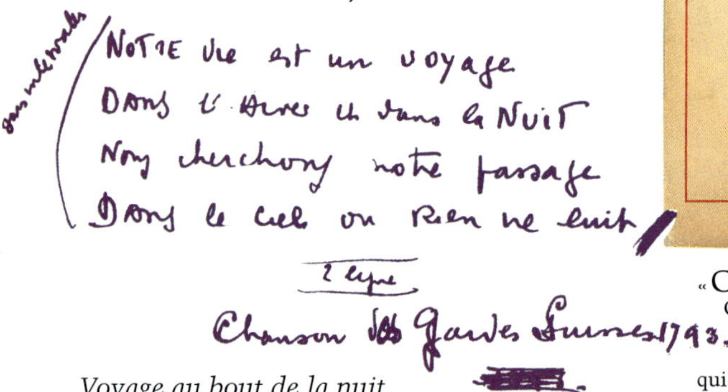

« C'est le prix Goncourt 1932 dans un fauteuil pour l'Heureux éditeur qui saura retenir cette œuvre sans pareil », écrit Louis Destouches en envoyant son manuscrit aux Éditions Gallimard en avril 1932. L'auteur qui envoie ainsi son premier roman par la poste ne peut qu'être taxé de délire vaniteux mais, s'agissant de *Voyage au bout de la nuit*, il n'a pas laissé les éditeurs indifférents. Profitant des hésitations de Gallimard, Denoël l'accepte et, s'il n'y avait eu les impondérables trahisons de certains jurés, le jury du Goncourt faillit bien donner raison à Céline d'avoir autant de confiance en son talent.

Voyage au bout de la nuit inaugure un style qui ne fera qu'évoluer au fil de son œuvre. En véritable symphoniste, grâce à une construction romanesque novatrice, l'écrivain s'impose comme le modèle d'un nouveau réalisme contemporain. Cette novation, souvent mal comprise, il la paiera toute sa vie.

La « Querelle du Goncourt »

Alors que les Éditions Gallimard, à qui il a envoyé son manuscrit, lui demandent de l'alléger, il est accepté par l'éditeur Robert Denoël et le contrat signé le 30 juin 1932. Pour protéger sa vie privée, Louis lui impose le pseudonyme de « Céline », en souvenir de sa grand-mère. *Voyage au bout de la nuit*, mis en vente début octobre, va rapidement défrayer la chronique et devenir l'un des favoris du prix Goncourt qui doit être attribué le 7 décembre. Denoël, pour mettre toutes les chances de son côté, fait imprimer spécialement des exemplaires au nom des jurés du célèbre prix et organise un lancement publicitaire peu courant pour un écrivain inconnu. « Vous aimerez ce livre ou vous le haïrez.

Il ne vous laissera pas indifférent », peut-on lire notamment dans la presse.

Céline se prête volontiers à ce battage, multipliant les dédicaces aux critiques et écrivant même à certains jurés pour se présenter. C'est ainsi qu'il rencontre Léon Daudet, qui le compara à Rabelais dans un fameux article de *Candide*, et Lucien Descaves, qui deviennent ses plus fidèles défenseurs au jury.

L'action de ces premiers convaincus est relayée par la presse : dès le 10 novembre paraît la première interview de l'auteur, toujours anonyme, et le 13 *Le Matin* révèle son identité. Le livre de Céline apparaît alors comme l'un des favoris pour les prix littéraires à côté des livres de Robert Brasillach, *Le Voleur d'étincelles*, d'Henri Poulaille, *Le Pain quotidien*, ou de Guy Mazeline, *Les Loups*.

« J'ai bénéficié du moment où les critiques qui avaient de l'autorité n'étaient pas morts. Aujourd'hui il n'y a plus de voix comme Daudet, comme Descaves, même comme Ajalbert. Alors j'ai profité de ce moment-là... »
À Madeleine Chapsal, 1957

Céline a eu la chance que ces critiques soient aussi membres du jury du prix Goncourt (caricaturé ici par Cabrol), fondé en 1904, qui est déjà à cette époque le plus réputé des prix littéraires.

voyage
céline
JOURNEY TO THE END OF THE NIGHT
Louis-Ferdinand Céline
LOUIS-FERDINAND CÉLINE
VOYAGE AU BOUT DE LA NUIT
roman
nrf
GALLIMARD
LOUIS-FERDINAND
CÉLINE
VOYAGE AU BOUT DE LA NUIT
ROMAN
ÉDITIONS FROISSART BRUXELLES
VIAJE AL FIN DE LA NOCHE
Louis-Ferdinand Céline
Edhasa
LOUIS-FERDINAND CÉLINE
CALATORIE LA CAPATUL NOPTII
LOUIS-FERDINAND CÉLINE
VOYAGE AU BOUT DE LA NUIT
Penguin Modern Classics
Louis-Ferdinand Céline

La fortune éditoriale de *Voyage au bout de la nuit* continue aujourd'hui près de soixante-dix ans après sa parution (ci-contre quelques-unes des éditions). Les éditions ordinaires ont dépassé les 150 000 exemplaires, les éditions illustrées les 100 000 (par Clément Serveau, Gen Paul puis Tardi), les éditions reliées 20 000, les éditions de poche (« Le Livre de Poche » puis « Folio ») plus d'un million d'exemplaires, les éditions collectives (œuvres complètes et « Pléiade » plus de 100 000 exemplaires. En 1932, Léon Daudet écrivait du roman : « Il sera d'une traduction aussi difficile que peut l'être *Pantagruel*, dont il dérive directement. C'est pour moi une supériorité qu'un ouvrage ne puisse être traduit. C'est qu'il est de source jaillissante dans la langue où il est écrit. » Pourtant, l'année suivante, *Voyage* a été traduit en tchèque, en allemand, en polonais et en italien. Puis en 1934 en anglais, en russe, en hongrois, en néerlandais, plus tard en ukrainien, en portugais, en espagnol, en japonais, en finnois, en norvégien, en danois, en suédois, en serbo-croate, en slovène et plus récemment en roumain…

Le 30 novembre, huit jours avant l'attribution du prix, les jurés Goncourt se réunissent pour un déjeuner préparatoire dans leur restaurant habituel, *Drouant*. Lucien Descaves qui n'y venait plus depuis 1917 s'est exceptionnellement déplacé pour soutenir son favori. Avec Léon Daudet, ils ont convaincu Jean Ajalbert de voter pour Céline et les frères Rosny – J. H. Rosny aîné, le président, et J. H. Rosny jeune – se sont déclarés en faveur de Céline dans un vote officieux. Roland Dorgelès hésite, les autres voix sont acquises à Guy Mazeline. Avec la voix double du président, Céline est sûr de l'emporter. Léon Daudet propose de décerner le prix mais, par respect pour la presse qui n'a pas été conviée, sa proposition est refusée. Pendant huit jours, Céline et son éditeur vont y croire, Denoël fait même imprimer des bandes « Prix Goncourt 1932 ».

Le 7 décembre, dès le premier tour, une majorité se dégage mais c'est pour le livre de Guy Mazeline. Les frères Rosny ont changé d'avis ! Lucien Descaves hors de lui quitte la séance et va plaider auprès des membres du jury du prix Renaudot réunis dans le même restaurant. Ils attribuent le prix à *Voyage au bout de la nuit*. Maigre consolation car déjà à cette époque c'est le prix Goncourt qui fait vendre. Céline et son éditeur sont d'autant plus déçus que les rumeurs vont bon train sur les raisons de ce revirement. On dit qu'Hachette qui distribuait Gallimard, l'éditeur de Mazeline, aurait pu faire

J'espere un peu le prix Goncourt pour le 10 Decembre mais c'est tout a fait difficile a pré'dire La competition est tout a fait vive.

Céline a sans doute eu tort de croire à ses chances dans l'attribution du prix Goncourt, même s'il avait reçu des assurances de certains jurés. D'ailleurs, dans ses lettres (ici à une jeune amie allemande, Erika Irrgang), contrairement à son éditeur qui est sûr de l'emporter, il reste prudent. Et dans la foule des journalistes qui se pressent comme tous les ans devant le restaurant *Drouant*, où siège le jury Goncourt, aucun ne s'attend à ce retournement de situation qui va défrayer la chronique pendant plusieurs mois.

Les Lettres

Qui a "lâché" L.-F. Céline ?

pression sur certains jurés. La presse accorde plus de place à cette affaire qu'au prix lui-même. Deux journalistes, Jean Galtier-Boissière, dans *Le Crapouillot*, et Maurice Ivan Sicard, dans *Le Huron*, mettent en cause Rosny aîné et Roland Dorgelès, qui portent plainte. Galtier-Boissière s'arrangera avec ses contradicteurs, mais Maurice Ivan Sicard sera condamné à payer des dommages et intérêts. Le tribunal, pour justifier la position des jurés, ira même jusqu'à prendre position sur le livre notant qu'il « contient des expressions outrageusement triviales, grossières et intolérables, susceptibles de révolter les lecteurs non avertis, qu'une récompense littéraire doit protéger contre d'aussi désagréables surprises ».

GUY MAZELINE
PRIX GONCOURT 1932
Louis-Ferdinand CELINE
obtient le prix Théophraste-Renaudot

"Le Goncourt: Un scandale!"

Lucien Descaves, *de l'Académie Goncourt*

Ce que l'on n'oubliera jamais c'est que les Goncourt sont passés à côté de Céline.

La « Querelle du Goncourt » fait la une des journaux. Malgré le succès en librairie, le désormais Louis-Ferdinand Céline n'oubliera pas ce premier échec. Mais le public, lui, ne s'y est pas trompé. Attiré par la polémique, il se divise très vite entre des inconditionnels qui crient au génie et ceux qui, dérangés dans leurs habitudes, lui reprochent à la fois son nihilisme et son style.

Le succès ne change pas la vie de Céline. Il fréquente la bohème montmartroise avec de

Alors que Lucien Descaves, qui ne venait plus siéger depuis 1917, s'était déplacé pour soutenir Céline, le lâchage de certains jurés fait couler beaucoup d'encre. Le Renaudot ne console pas Céline : « Je n'ai retenu que la vulgarité, la grossièreté, l'impudeur de toute cette affaire », écrit-il à son amie Cillie Pam.

POSTFACE AU "VOYAGE AU BOUT DE LA NUIT"

QU'ON S'EXPLIQUE...

par Louis-Ferdinand CÉLINE

nouvelles amies, la danseuse Karen Marie Jensen ou la comédienne Nane Germon, rencontre une étudiante allemande, Erika Irrgang puis une jeune Autrichienne professeur de gymnastique, Cillie Pam. Il garde le contact avec Léon Daudet et Lucien Descaves chez qui il fait notamment la connaissance de Georges Bernanos. Le 16 mars 1933, pour conclure la polémique autour de son livre, il publie dans le journal *Candide* « Qu'on s'explique. Postface au *Voyage au bout de la nuit* ». Robert Denoël le convainc alors de publier *L'Église*, « comédie en cinq actes », qui est en fait une version primitive de *Voyage*. Il y met en scène les dirigeants et le personnel de la Société des Nations dans une satire caricaturale qui reçoit un accueil mitigé mais conforte son succès. Il est devenu un homme public très sollicité; le 1er octobre, il prononce une allocution à Médan pour le trente et unième anniversaire de la mort de Zola.

Le succès de *Voyage* se confirme par de nombreuses traductions dont une en russe signée Elsa Triolet. En 1934, Céline séjourne aux États-Unis pour le lancement de la traduction américaine. Il essaie d'en négocier les droits cinématographiques à Hollywood, mais tente surtout de ramener Elizabeth Craig qui, lassée sans doute de sa vie agitée, l'a quitté. En vain. Cet échec provoque un repli sur lui-même dont témoigne sa correspondance. L'année suivante, une

Céline profite de ses voyages pour rendre visite à ses amies : Errika Irrgang (à gauche) en Allemagne et à Cambridge, et Karen Marie Jensen (ci-dessous), à Chicago et à Copenhague.

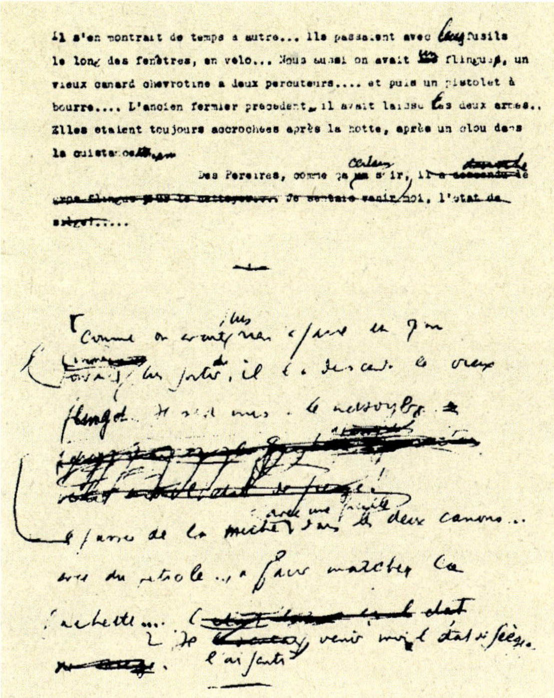

Il s'en montrait de temps à autre... Ils passaient avec leurs fusils le long des fenêtres, en vélo... Nous aussi on avait des flingues, un vieux canard chevrotine à deux percuteurs.... et puis un pistolet à bourre.... L'ancien fermier précédent, il avait laissé les deux armes.. Elles étaient toujours accrochées après la hotte, après un clou de la cuisine...

réédition à 40 000 exemplaires de *Voyage* dans une collection populaire illustrée marque sa consécration.

Mort à crédit

Après le succès de *Voyage*, Céline s'est rapidement remis à écrire un nouveau roman. Sous le titre « Tout doucement », devenu « Chanson morte », puis « L'Adieu à Molitor », il entreprend, dans ce qui deviendra *Mort à crédit*, de raconter une enfance, celle de Ferdinand, à qui il prête son deuxième prénom sans lui donner de nom de famille. C'est un mélange de conformité à sa propre histoire et d'exagération toute célinienne : on y suit la petite enfance du héros, passage Choiseul où sa mère tient une boutique, son voyage linguistique en Angleterre, sa mise en apprentissage, puis sa rencontre avec Courtial des Pereires, personnage inspiré d'Henry

« Je commençais à bien me rendre compte, qu'elle me trouverait toujours ma mère, un enfant dépourvu d'entrailles, un monstre égoïste, capricieux, une petite brute écervelée… Ils auraient beau tenter… beau faire, c'était vraiment sans recours… Sur mes funestes dispositions, incarnées, incorrigibles, rien à chiquer… Elle se rendait à l'évidence que mon père avait bien raison… D'ailleurs pendant mon absence, ils s'étaient encore racornis dans leur bougonnage… Ils étaient si préoccupés qu'ils avaient mes pas en horreur ! Chaque fois que je montais l'escalier, mon père faisait des grimaces. »

Mort à crédit

Avec son deuxième roman, *Mort à crédit* (page manuscrite ci-contre), Céline poursuit le travail sur la langue qu'il avait initié dans *Voyage au bout de la nuit*. Dans un registre qui passe du comique au tragique, il parvient à utiliser le langage parlé en allant encore plus loin dans la construction d'un style et d'un rythme qui lui sont propres. Dans la tradition des récits d'enfance dans lesquels Proust, Gide, Leiris u Sartre ont excellé comme lui, Céline, laissant libre cours à son imagination, s'est construit un univers sans équivalent.

de Graffigny, un patron pas comme les autres avec qui il vit des aventures rocambolesques. On assiste à la révolte de l'enfant, qui demeure néanmoins plus spectateur qu'acteur, à travers une description volontairement paupériste de la petite bourgeoisie parisienne, mais le caractère dramatique du récit n'empêche pas le rire, bien au contraire. Céline crée sa légende et sa propre mythologie.

Au début de l'année 1936, Céline remet son manuscrit à Denoël. Celui-ci est doublement effrayé : par le style d'abord, le caractère de plus en plus haché de la phrase et l'utilisation systématique de l'argot et des points de suspension, mais aussi par certains passages très crus dans lesquels Céline décrit notamment les ébats de Ferdinand avec ses patronnes. S'il croit au génie littéraire de Céline, Denoël ne veut pourtant pas encourir la réprobation des ligues de vertu. Céline ne voulant pas réécrire les passages incriminés, ils décident après maintes discussions de les laisser en blanc et d'ajouter une note liminaire ainsi rédigée : « À la demande des éditeurs, L.-F. Céline a supprimé plusieurs phrases de son livre ; les phrases n'ont pas été remplacées. Elles figurent en blanc dans l'ouvrage. » Seuls cent dix-sept exemplaires numérotés et hors commerce contiennent ces passages. Le livre est mis en vente le 12 mai.

Bien entendu, cette censure trouve aussitôt un écho dans la presse ; la présence des blancs

M. Rober[t]
pour la

Ce n'est qu'en 1960 pour la publication dans la « Bibliothèque de la Pléiade » – elle ne verra le jour qu'après sa mort, en 1962 – que Céline a réécrit les passages laissés en blancs dans *Mort à crédit*, afin de redonner sa continuité au texte. En 1981, pour la nouvelle édition dans « la Pléiade », le texte original est, pour la première fois, rétabli. C'est lui qui figure depuis cette date dans toutes les éditions. Ces blancs serviront de prétexte aux journalistes pour critiquer l'ensemble de l'œuvre pour l'image très noire qu'elle donne de la nature humaine.

sons... ceux du patron... les minets brodés...

il

est allé se cogner la tronche de travers dans le barreau du lit... Il fumait comme un voleur... Il se tâtait le cassis... Il avait des bosses,

« Ah ! la salope ! alors qu'il ressaute ! Ah la garce » ! Il lui fout un coup de genou en plein dans les côtes... ! Elle voulait se barrer, elle faisait des façons...

« Antoine ! Antoine ! j'en peux plus !... je t'en supplie, laisse-moi mon amour !...

enoël part en campagne
re de “ Mort à Crédit ”

sons... ceux du patron... les minets brodés...

Dans sa fougue pour l'emmancher, il a dérapé du tapis, il est allé se cogner la tronche de travers dans le barreau du lit... Il fumait comme un voleur... Il se tâtait le cassis... Il avait des bosses, il décolle... Il s'y remet furieux. « Ah ! la salope ! alors qu'il ressaute ! Ah la garce » ! Il lui fout un coup de genou en plein dans les côtes... ! Elle voulait se barrer, elle faisait des façons...

« Antoine ! Antoine ! j'en peux plus !... je t'en supplie, laisse-moi mon amour !... Fais attention !... Me fais pas un môme !

excite la curiosité des critiques, chacun pouvant les interpréter selon sa propre imagination. C'est, involontairement, un bon coup publicitaire pour faire parler du livre s'il n'avait pas déjà été très attendu. Et la critique se déchaîne en effet tellement contre le livre, qu'elle trouve abject, que les passages censurés passent vite au second plan. Céline reste discret, et c'est Robert Denoël qui finit par publier sa propre *Apologie de Mort à crédit* pour le défendre.

Céline avait noué une relation particulière avec son premier éditeur, Robert Denoël (ci-contre). Il lui était reconnaissant d'avoir cru suffisamment en lui pour publier *Voyage au bout de la nuit* sans émettre aucune restriction. Même s'ils se sont heurtés pour les passages scabreux de *Mort à crédit*, Céline le laissera répondre aux critiques pour prendre sa défense. Robert Denoël fit à cette occasion un parallèle entre les insultes qui avaient été prononcées contre *Mort à crédit* et celles reçues par Zola pour la publication de *La Terre* et de *L'Assommoir*. La similitude était flagrante. Jusqu'à sa mort en 1945, Robert Denoël ne cessera de soutenir cet auteur qui lui avait valu le succès, mais aussi attiré des critiques souvent virulentes.

Mort à crédit est un roman clef dans l'œuvre de son auteur non seulement parce qu'il retrace une période de sa vie déterminante pour son avenir mais aussi parce qu'il marque une étape fondamentale dans son écriture. Déjà, pour son deuxième roman, Céline est au sommet de son art. L'apparition de la fragmentation des phrases, la forme très libre de la syntaxe, le récit discontinu, et l'emploi d'une langue réellement populaire serviront de modèle pour la suite de sa biographie entreprise dans un roman dont la majeure partie a disparu, *Casse-pipe*.

C'est également l'époque où Céline rencontre la danseuse Lucette Almansor qui partagera bientôt sa vie. Pendant l'été 1936, il passe un mois en URSS. En novembre, Gallimard publie un recueil collectif qui célèbre le dixième anniversaire du prix Renaudot : chacun des lauréats a écrit une nouvelle, Céline donne « Secrets dans l'île », qui est en fait un scénario. Le 2 décembre, *L'Église* est mis en scène pour une unique représentation au Théâtre des Célestins à Lyon. Mais Céline est déjà bien loin de ce premier essai d'écriture. Il interrompt son œuvre romanesque pour témoigner d'abord sur son voyage en URSS puis pour laisser s'exprimer sa colère devant l'approche inéluctable de la guerre.

C'est au cours de danse d'une ancienne étoile, Blanche d'Alessandri, où l'avait emmené son ami peintre Gen Paul, qui connaissait son goût pour les danseuses, que Céline rencontra Lucette Almansor en 1936. Il mit plusieurs mois à l'apprivoiser. Elle avait 23 ans et lui 41. Jusqu'à la guerre Lucette voyage pour danser et retrouve Céline là où il se trouve. Après la débâcle, ils ne se quitteront plus, Lucette devenant la compagne discrète qui, jusqu'à sa mort, veillera à ce qu'il puisse travailler tranquillement.

Guignol's Band

Ce n'est qu'en 1942 que Céline revient au roman avec la rédaction d'« English Bar » qui deviendra *Guignol's Band*. Denoël republie *Voyage au bout de la nuit* et *Mort à crédit* avec des illustrations du peintre Gen Paul chez qui Céline et ses amis (Marcel Aymé, l'acteur Robert Le Vigan ou le dessinateur Ralph Soupault) se réunissent le dimanche. Le 23 février 1943, Céline épouse Lucette Almansor à la mairie du XVIIIe arrondissement.

Céline et ses amis de la butte Montmartre croqués par Ralph Soupault.

Pressentant la fin de la guerre, il publie *Guignol's Band* au début de l'année 1944. La suite, *Le Pont de Londres*, qui ne paraîtra qu'en 1964, n'était que la deuxième partie d'un ensemble prévu au moins en trois volumes. Céline remet en scène Ferdinand dans les bas quartiers de Londres pendant la Première Guerre mondiale. Bien qu'il évolue dans un milieu interlope, c'est presque un paradis qu'il

décrit tout d'abord : il trouve une nouvelle famille qui lui révèle d'autres valeurs que celles qui lui avaient été enseignées. Tout est réuni, en fait, pour conduire à une catastrophe. En une seule journée, les bombes et la mort viennent détruire cette paix. Ferdinand, qui a violenté sa petite amie Virginie, est recherché pour meurtre par la police et poursuivi par son ancien protecteur. Souvent qualifié de roman « intermédiaire », *Guignol's Band* est celui dans lequel la verve de Céline atteint son paroxysme. Sa langue, qui profite de l'acquis de tous ses écrits antérieurs, est une synthèse entre sa veine satirique et son art de conteur. Dernière tentation purement figurative de Céline, il marque en fait une évolution vers les « chroniques » qu'il publiera après la guerre.

“On est parti dans la vie avec les conseils des parents. Ils n'ont pas tenu devant l'existence. On est tombé dans les salades qu'étaient plus affreuses l'une que l'autre. On est sorti comme on a pu de ces conflagrations funestes, plutôt de traviole, tout crabe baveux, à reculons, pattes en moins. On s'est bien marré quelques fois, faut être juste, même avec la merde, mais toujours en proie d'inquiétudes que les vacheries recommenceraient… Et toujours elles ont recommencé… Rappelons-nous ! On parle souvent des illusions, qu'elles perdent la jeunesse. On l'a perdue sans illusions la jeunesse !…”

Guignol's Band

Féerie...

Dans tous les romans qu'il publie après son retour d'exil, Céline se met en scène, même si ce n'est parfois que pour faire un commentaire de sa vie à Meudon (ci-dessus en 1957) avant de revenir à l'histoire principale.

Céline aborde en effet une forme de récit qui, du moins apparemment, relève de la veine autobiographique. *Féerie pour une autre fois*, écrit en grande partie alors qu'il sera en exil au Danemark, est publié en juin 1952 dans l'indifférence quasi générale, malgré les efforts de Jean Paulhan et de Roger Nimier, qui s'en occupe chez Gallimard, et deux bonnes critiques de Gaëtan Picon et de Maurice Nadeau. Sous prétexte de fouiller son passé, Céline met à nouveau en scène son univers et ses proches. Il décrit notamment la vie à Paris à la fin de l'Occupation et le séjour qu'il fit en prison au Danemark. C'est une chronique de ses blessures, une suite de témoignages vécus dans un désordre qu'il organise autour de son délire. Dans le second volume, *Normance*, principalement consacré à un bombardement de Montmartre en 1944, il fait assister son lecteur à un véritable spectacle. Tour à tour protagoniste et narrateur, il compose un ballet fantastique de fer et de feu qui ponctue son récit. Abandonnant toute règle syntaxique, il crée un nouveau lyrisme et une poétique

« Achetez *Féerie* ! achetez *Féerie* ! le livre qui vous réjuvène l'âme, boyaute le boyau ! poudroie les soucis !... humeurs, avaros ! avaries !... rosit, dilate, rate ! bile ! pocondre ! pas trente-six œuvres ! pas trente-six mots ! *Féerie* ! »

Féerie pour une autre fois

qui annonce les ambitions esthétiques qui sont les siennes et qu'il réalisera finalement avec ses derniers romans.

Affecté par le peu de réactions que provoque son retour à la littérature, Céline ne donne qu'une seule interview et passe l'année à la mise au point de *Normance* qui paraît en juin 1954 sans plus de succès. *La Nouvelle Nouvelle Revue Française* publie en cinq livraisons, entre juin 1954 et avril 1955, des *Entretiens avec le professeur Y*, une interview imaginaire dans laquelle il se met en scène et réaffirme sa poétique propre, bien décidé à se promouvoir lui-même puisque son éditeur ne le défend pas assez. Avec son goût pour l'autodérision, il utilise le comique de situation qui met tout le monde de son côté. En fait, il se livre à un véritable exercice de style pour décrire son art poétique. Il décrypte sa « petite musique », développant notamment la formule du « métro émotif » par laquelle il exprime la transposition de sa pensée dans son écriture.

Les rapports de Céline avec ses éditeurs, Robert Denoël puis Gaston Gallimard (ci-dessus) – auprès de qui il n'hésite pas à revenir plusieurs fois à la charge pour que ses romans paraissent dans la « Bibliothèque de la Pléiade » –, furent toujours passionnés, parfois orageux.

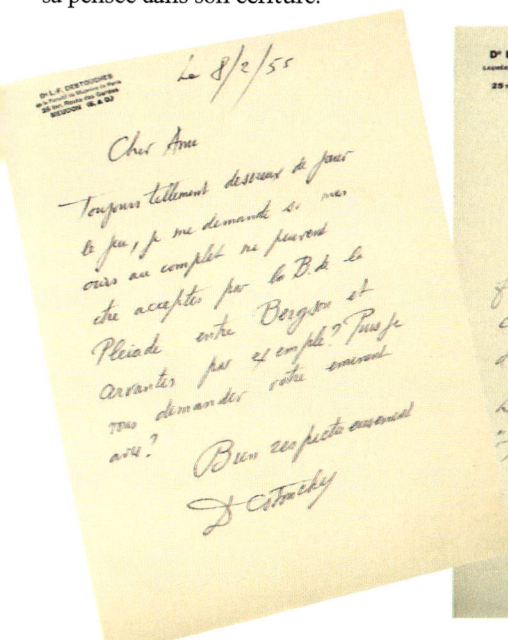

Le 8/2/55

Dr L.-F. Destouches
25 ter, Route des Gardes
Meudon (S. & O.)

Cher Ami

Toujours tellement désireux de jouer le jeu, je me demande si mes œuvres au complet ne peuvent être acceptées par la B. de la Pléiade entre Bergson et Cervantes par exemple ? Puis je vous demander votre éminent avis ?

Bien respectueusement

Destouches

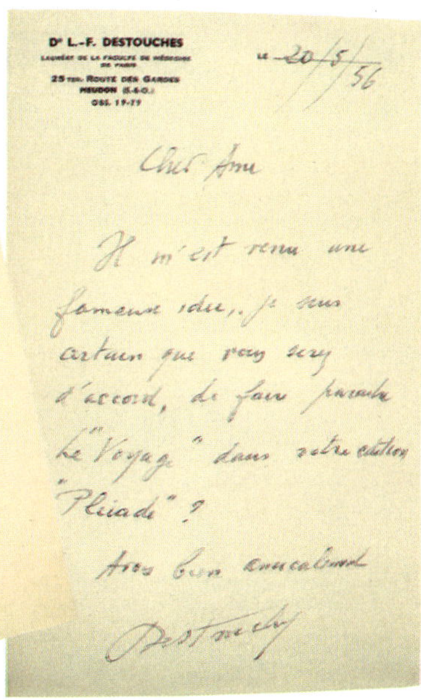

Dr L.-F. DESTOUCHES
25 ter, Route des Gardes
Meudon (S.-&-O.)
OBS. 19-79

Le 20/5/56

Cher Ami

Il m'est venu une fameuse idée, je suis certain que vous serez d'accord, de faire paraître Le "Voyage" dans votre édition "Pléiade" ?

Avec bien amicalement

Destouches

Les premières publications de Céline, sous le nom de Louis-Ferdinand Destouches, sont des écrits médicaux dans lesquels on devine déjà la passion de l'écriture. Devenu célèbre, Céline n'abandonnera jamais totalement le métier qu'il avait tardivement choisi mais pour lequel il se sentait une véritable vocation. C'est cette activité de médecin qui lui a permis d'appréhender la vie dans sa dimension la plus profonde : le social, la maladie, la mort qui habitent tous ses romans.

CHAPITRE 2

LE MÉDECIN

« J'ai l'impression que le docteur Céline est fort aimé de sa clientèle de passage, non seulement pour la sûreté de son diagnostic, mais pour l'"amitié" avec laquelle il prodigue ses soins », écrit Max Descaves en 1932. Si Céline était un grand écrivain, le docteur Destouches était sans doute trop désintéressé, trop absorbé par son art, pour devenir un grand médecin.

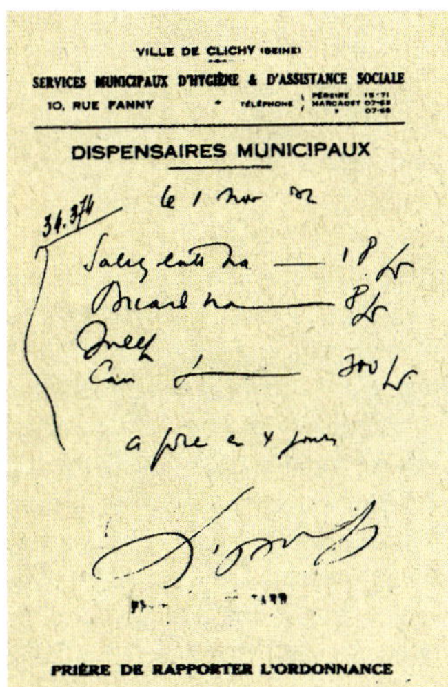
VILLE DE CLICHY (SEINE)

SERVICES MUNICIPAUX D'HYGIÈNE & D'ASSISTANCE SOCIALE

10, RUE FANNY • TÉLÉPHONE

DISPENSAIRES MUNICIPAUX

PRIÈRE DE RAPPORTER L'ORDONNANCE

Céline a toujours admiré les médecins. « Tout petit, je rêvais d'être médecin, de soigner des gens... », avouera-t-il à la fin de sa vie au critique Claude Bonnefoy. Il dira aussi qu'il était « possédé par la médecine », qu'il avait la vocation médicale, celle « qui consiste essentiellement à rendre la vie plus facile et moins douloureuse aux autres » (dialogue avec l'universitaire belge Marc Hanrez). Mais

c'est probablement en Afrique, en 1916, que Louis-Ferdinand Destouches a été pour la première fois confronté à la nécessité de soigner. Pour lutter contre les épidémies, il est contraint de demander à ses parents de lui envoyer des médicaments (huile camphrée, éther, sérum antivenimeux...) et des instruments médicaux (seringues, aiguilles de suture, pinces hémostatiques...), qui lui permettent de venir en aide aux populations auxquelles il s'est très vite mêlé. Pour les soigner, il doit apprendre sur le tas, lire des livres ou faire lui-même ce qu'il a vu faire : « Je tâche de faire un peu de bien », écrit-il à son amie Simone Saintu. Sans doute y trouve-t-il la raison de sa vocation.

Avant même de devenir médecin, Louis Destouches, outre son hospitalisation à la suite de sa blessure de guerre, connaît sa première expérience médicale lors de son séjour en Afrique en 1916. Surveillant de plantation dans une compagnie forestière, loin de tout, il doit s'improviser médecin. Lui-même est confronté à la maladie et hospitalisé à l'hôpital de Douala (ci-contre). Sa correspondance avec son amie Simone Saintu donne le ton. (ci-dessous). Puis, avec la mission Rockefeller, il découvre la médecine sociale en informant sur la tuberculose (à droite à Rennes en mars 1918, le second à gauche avec devant lui en chapeau-melon son futur beau-père Athanase Follet). Enfin, il entreprend des études de médecine (ci-contre à Rennes en 1920).

Un an et demi plus tard, c'est en tant qu'accompagnateur de la « Commission américaine de préservation pour la tuberculose », dite mission Rockefeller, qu'il touche d'encore plus près la médecine. Conférencier, il a pour tâche d'informer les populations des départements de l'Ouest de la France sur les risques de la maladie qui à cette époque fait encore des ravages. Jusqu'à la fin de l'année 1918, la mission sillonne l'Ille-et-Vilaine puis le Finistère et Louis se révèle un bon orateur, attentif à se faire bien comprendre. À Rennes, sa rencontre avec le docteur Follet, qui avait œuvré pour la tenue de cette mission, est certainement décisive pour son avenir et il décide de reprendre ses études.

Les études de médecine

L'armistice venu lui offre la possibilité, comme ancien combattant, de passer le baccalauréat en programme restreint, dispensé

des épreuves écrites. Il le présente en deux parties à Bordeaux en avril et en juillet car il a continué à parcourir la Vendée puis la Gironde avec la mission Rockefeller. Après son mariage l'été même avec la fille du docteur Follet, il s'inscrit en novembre 1919 à la faculté des sciences de Rennes pour préparer le PCN (certificat d'études physiques, chimiques et naturelles), préalable aux études médicales, qu'il obtient en six mois.

Il a alors la possibilité de bénéficier de la formation accélérée accordée aux anciens combattants qui permet de mener à bien en deux ans et demi le cycle normal des quatre premières années de médecine. Inscrit en avril 1920, il réussit son premier examen un an plus tard, le deuxième en juillet 1921 et le troisième en novembre 1922. Entre-temps, pendant l'été 1920 passé à Roscoff, il s'est livré à une expérience pratique de recherche dans un laboratoire de zoologie marine qui fera l'objet en octobre d'une

Pendant ses études, le futur médecin se familiarise avec la vie des hôpitaux, faisant notamment des stages en chirurgie et en maternité. On peut le voir ici (tout en haut à droite) avec le personnel de la clinique Tarnier où il effectua un stage auprès du professeur Brindeau. Page de droite, l'édition originale de la thèse de Louis-Ferdinand Destouches, *La Vie & l'œuvre de Philippe Ignace Semmelweis (1818-1865)*, dont il fit imprimer quelques exemplaires à compte d'auteur.

communication présentée à l'Académie des sciences par Edmond Perrier, directeur du Muséum d'histoire naturelle. Sous le titre « Observations physiologiques sur *Convoluta Roscoffensis* », il s'agit d'une étude sur les minuscules vermicules qui se fixent sur les algues. En avril de l'année suivante, il propose une seconde communication : « Prolongation de la vie chez les *Galleria mellonella* » dans laquelle il observe, en faisant varier les températures, la vie des chenilles. Le professeur André Lwoff, prix Nobel de médecine en 1965, qui a rencontré Céline à cette époque, dira de ces uniques contributions à la recherche : « L'une et l'autre publication portent témoignage d'une certaine hâte et d'une naïveté non moins certaine dans la pensée et dans l'expression. [...] Nul ne regrettera qu'il ait sacrifié le métier de chercheur à celui d'écrivain. » Mais si Louis-Ferdinand Destouches abandonne ces travaux d'étudiant, il n'en continuera pas moins d'écrire sur la médecine.

La thèse : du Céline avant l'heure

Après un stage auprès du professeur Brindeau à la maternité Tarnier à Paris en octobre 1922, il est autorisé en décembre à venir poursuivre ses études à Paris. Il fait un autre stage en chirurgie à l'hôpital Cochin et, alors qu'il effectue des remplacements à Rennes, passe son quatrième examen, réussit les épreuves de clinique et est autorisé à présenter une thèse. Il la soutient le 1er mai 1924 sous le titre *La Vie et l'œuvre de Philippe Ignace Semmelweis (1818-1865)*. C'est l'histoire du docteur Semmelweis, un médecin hongrois qui a probablement séduit le futur écrivain par le caractère exceptionnel de son destin. Professeur assistant dans une maternité de Vienne, Semmelweis avait pressenti que le taux de mortalité très élevé des femmes après l'accouchement était lié au manque d'hygiène des étudiants qui assistaient les médecins.

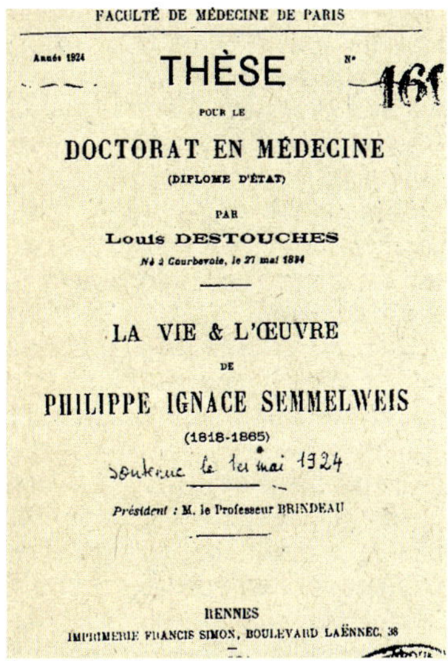
FACULTÉ DE MÉDECINE DE PARIS

Année 1924 N° 161

THÈSE

POUR LE

DOCTORAT EN MÉDECINE

(DIPLOME D'ÉTAT)

PAR

Louis DESTOUCHES

Né à Courbevoie, le 27 mai 1894

LA VIE & L'ŒUVRE

DE

PHILIPPE IGNACE SEMMELWEIS

(1818-1865)

soutenue le 1er mai 1924

Président : M. le Professeur BRINDEAU

RENNES

IMPRIMERIE FRANCIS SIMON, BOULEVARD LAËNNEC, 38

« [...] j'avais toujours la vocation médicale... Oh, profonde... Ça, je n'trouvais rien d'plus vénérable qu'un médecin dès ma plus petite enfance... Alors, c'est venu quand il a fallu que je fasse une thèse, et que je la fasse en vitesse, alors je suis tombé sur un souvenir, et j'ai dit, j'vais faire en vitesse une thèse sur l'histoire de la médecine et Semmelweis... Et puis... Alors, bon, en avant pour Semmelweis... J'ai fait cette petite thèse sans prétention. »

À Jean Guénot et Jacques Darribehaude, 1960

Lorsqu'il leur imposa de se désinfecter les mains, la mortalité chuta. Il était l'inventeur de la prophylaxie, mais ses confrères refusèrent de le croire et il fut chassé de son poste. Atteint d'un délire de persécution qui tourna à la folie, il mourut interné à la suite d'une blessure qui s'était infectée !

Nul doute que la personnalité de ce Hongrois, précurseur méconnu de l'antisepsie, ait fasciné le futur médecin qui, vingt-cinq ans plus tard, dira encore de lui qu'il représentait son « idéal ». Le génie du savant et la persécution qui le conduisit à la folie sont mis en scène par le jeune étudiant qui fait déjà de cette thèse un exercice littéraire dans lequel les passions et les angoisses du futur écrivain se ressentent déjà. Il semble vouloir faire partager son admiration et même son émotion plutôt que de se soucier de la rigueur scientifique qui caractérise généralement ce genre de travail.

Sa lecture révèle un goût pour les personnages hauts en couleur et un talent de conteur qu'il n'aura qu'à exploiter. De celui qui pourrait être un personnage de roman, il a dressé une biographie plutôt que de seulement analyser son travail. S'il ne laisse pas encore totalement libre cours à son imagination, on sent déjà percer l'exagération et la métaphore, la passion pour son sujet dans un style qui est certes encore assez contenu mais où un certain lyrisme affleure. Il obtient une mention « très bien » sans que l'on sache si elle était due à la qualité de son travail ou aux protections dont il bénéficiait, son beau-père étant membre du jury.

Il la fait imprimer et, fort du bon accueil qui lui a été réservé, en publie un résumé dans *La Presse médicale* qui quelques mois plus tard donne une réponse d'un médecin hongrois s'élevant contre les inexactitudes de son travail. Il lui reproche une trop grande imagination. Sous Louis Destouches, c'est Céline qui transparaît.

« Vingt fois le soir descendit dans cette chambre avant que la mort n'emportât celui dont elle avait reçu l'affront, précis, inoubliable. C'était à peine un homme qu'elle allait reprendre, une forme délirante, corrompue, dont les contours allaient s'effaçant sous une purulence progressive. D'ailleurs, quelle victoire peut-elle attendre, la Mort, dans ce lieu le plus déchu du monde ? Quelqu'un lui dispute-t-il ces larves humaines, ces étrangers sournois, ces torves sourires qui rôdent tout le long du néant, sur les chemins de l'Asile ? [...] L'homme finit où le fou commence, l'animal est plus haut et le dernier des serpents frétille au moins comme son père. »

Semmelweis

Après sa thèse, il écrira plusieurs articles consacrés à la fièvre puerpérale et à l'infection dans lesquels apparaissent encore un intérêt certain pour les importantes découvertes de Semmelweis.

À la Société des Nations

Dès le mois de juin, il est à nouveau embauché par la fondation Rockefeller, cette fois en tant que médecin, et mis à la disposition de la section d'hygiène de la Société des Nations à Genève. Son directeur, Ludwig

Officiellement engagé comme « rédacteur » par la fondation Rockefeller, le docteur Destouches est envoyé en mission pour accompagner des médecins en voyages d'études. C'est ainsi qu'il découvre l'Amérique du Nord (ci-contre, le deuxième à partir de la droite, à Toronto en 1925 avec les membres de la mission). Sa pratique de l'anglais lui est alors fort utile. Il s'en servira aussi pour correspondre avec ses amis (ci-dessous, lettre adressée de Lagos, en 1926, à Florence Read, secrétaire de la fondation Rockefeller) et plus tard avec ses traducteurs.

500

Destouches

FREDERICK F. RUSSELL, M.D.
GENERAL DIRECTOR

JOHN A. FERRELL, M.D.
DIRECTOR FOR
THE UNITED STATES

VICTOR G. HEISER, M.D.
DIRECTOR FOR
THE EAST

H. H. HOWARD, M.D.
DIRECTOR FOR
THE WEST INDIES

WILBUR A. SAWYER, M.D.
DIRECTOR OF PUBLIC HEALTH
LABORATORY SERVICE

FLORENCE M. READ
EXECUTIVE SECRETARY

INTERNATIONAL HEALTH BOARD
OF
THE ROCKEFELLER FOUNDATION
61 BROADWAY, NEW YORK
CABLE ADDRESS "INTERCOM"

MEMBERS
GEORGE E. VINCENT
CHAIRMAN

JOHN G. AGAR
WALLACE BUTTRICK
DAVID L. EDSALL
JOHN G. FITZGERALD
SIMON FLEXNER
RAYMOND B. FOSDICK
EDWIN O. JORDAN
VERNON KELLOGG
JOHN D. ROCKEFELLER, JR.
WICKLIFFE ROSE
VICTOR C. VAUGHAN
WILLIAM H. WELCH

NORMA S. THOMPSON
SECRETARY

Lagos 1 May

SMG 5/29
FFR
GEV JUN
FMR JUN

Dear Miss Read.

There I am again attached once again at the Rockefeller!!

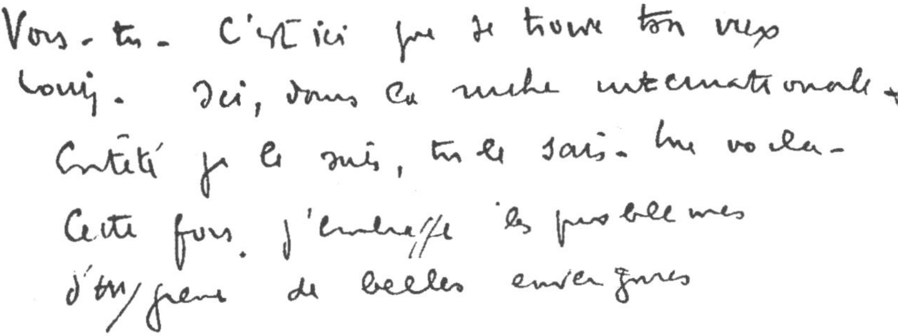

Vois-tu – C'est ici que je trouve ton vieux Louis. Ici, dans la ruche internationale + [illegible] je le suis, tu le sais. [illegible] cette fois. J'embrasse les problèmes d'hygiène de belles envergures

Rajchman, apparaîtra dans *L'Église* sous le nom de Yudenzweck. La perspective de voyages et la possibilité de quitter la bourgeoisie rennaise auprès de laquelle il ne s'est finalement jamais senti vraiment à l'aise ne pouvaient que l'attirer. C'est, pour lui, une certaine liberté retrouvée.

Louis part en mission en février 1925 pour accompagner un groupe de médecins sud-américains à travers l'Amérique du Nord puis plusieurs pays européens et visiter diverses réalisations en matière de médecine du travail et d'hygiène. La découverte

Louis Destouches se trouve bien à Genève, comme il le confie (ci-contre) à son ami Albert Milon, mais il préfère bientôt les missions qui l'éloignent de la routine administrative. Ci-dessous, la délégation reçue par Mussolini le 3 août 1925.

du Nouveau Monde est une révélation et en particulier celle de New York : « Pour une surprise, c'en fut une, écrira-t-il dans *Voyage au bout de la nuit*. À travers la brume, c'était tellement étonnant ce qu'on découvrait soudain que nous nous refusâmes d'abord à y croire. » Cet étonnement de Bardamu, c'est le cri du futur écrivain. Il remarque aussi les Américaines : « Quelle découverte ! Quelle Amérique ! Quel ravissement ! » Avec son groupe, il se rend à Cuba puis en Louisiane, au Mississippi et en Alabama. À Washington, ils sont reçus par le président Coolidge avant de repartir vers Detroit puis Pittsburgh. Enfin ils parcourent le Canada. De la puissante Amérique, il gardera une fascination qui apparaîtra plus tard dans plusieurs de ses œuvres. Au retour, il accompagne encore ces médecins en Hollande puis en Italie, dans un périple qui ne se termine qu'au mois d'août.

Il rédige des rapports, comme une « Note sur l'organisation sanitaire des usines Ford à Détroit », ou des « Notes sur le service sanitaire de la Compagnie Westinghouse à Pittsburgh » et publie à son compte, en juin 1925, *La Quinine en thérapeutique*, un travail de commande très spécialisé, rédigé comme un rapport, qui ne contient cette fois aucune figure de style.

L'année suivante, il part en Afrique avec un autre groupe de médecins. Dix ans après son premier séjour, et dans des conditions très différentes, il va de Dakar à Bamako, puis à Kouroussa pour rejoindre Conakry et Abidjan. Après des séjours au Togo et au Nigeria, la mission gagne Freetown au Sierra Leone. Le voyage est difficile pour Louis, responsable d'un groupe exigeant dont les intérêts sont souvent divergents, et les résultats se révèlent décevants. Il se poursuit pendant l'été en

Les textes médicaux de Louis Destouches sont avant tout très techniques (ci-dessus *La Quinine en thérapeutique*, publié en 1925). En revanche, il s'inspire de ses expériences à la Société des Nations dans *L'Église*, écrit quelques mois plus tard. Il fait dire à Bardamu, à qui l'on demande pourquoi il a fait de la médecine : « Je vais vous dire... C'est surtout par peur des hommes. [...] Voilà ! J'aime mieux les rapports avec ceux qui sont malades. Ceux qui sont bien portants, sont si méchants, si bêtes ; ils veulent avoir l'air si malins, aussitôt qu'ils tiennent debout, que tout rapport avec eux est presque aussitôt malheureux ! Quand ils sont couchés et qu'ils souffrent, ils vous foutent la paix. Vous comprenez ? »

Hollande, en Belgique, en Suisse et en France, mais il semble que Louis se soit lassé de cet exercice. De son périple en Afrique il tirera surtout le premier acte de *L'Église* dans lequel il donne sa propre vision du colonialisme.

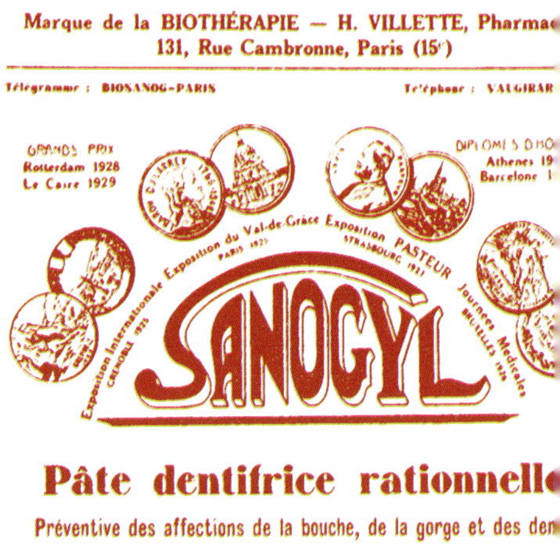

USAGE QUOTIDIEN

Ses quelques heures de consultation au dispensaire de Clichy (ci-dessous) ne lui suffisant pas pour vivre, le docteur Louis Destouches se fait volontiers rédacteur publicitaire.

Médecin de banlieue

Lassé du caractère trop administratif de la Société des Nations, et progressivement mis à l'écart, il ne fait rien pour que son contrat soit renouvelé. Rentré à Paris, il fait enregistrer son diplôme de médecin le 2 juillet 1927 et s'oriente vers une médecine sociale qui lui paraît mieux correspondre à sa vision du monde. Il ouvre un premier cabinet à Clichy qu'il doit fermer rapidement faute de clients. Sans fonction officielle, il s'initie à la médecine de dispensaire dans le service du professeur Léon Bernard à l'hôpital Laennec où il côtoie Robert Debré. Le 14 novembre, se sentant probablement mieux armé, il ouvre un nouveau

cabinet de « médecine générale, maladies des enfants » au 36, rue d'Alsace à Clichy. Céline apparaît comme un médecin un peu fantasque mais attentif à ses patients et faisant preuve d'une très grande humanité. Il ne fait même pas payer les consultations quand il estime que ses patients n'en ont pas les moyens.

Le 13 avril 1928, il est élu membre de la Société de médecine de Paris et le 26 mai prononce une communication devant ses confrères sur le service sanitaire des usines Ford de Detroit reprenant les conclusions du rapport qu'il avait fait pour la Société des Nations. En novembre, il publie dans *La Presse médicale* un article intitulé « Les Assurances sociales et une politique économique de la santé publique » dans lequel il prône à la fois la création d'un corps de médecins du travail et le renforcement de l'emprise patronale sur les salariés. Une de ces contradictions qui ne lui feront jamais peur.

Au début de l'année 1929, le manque de clientèle le conduit à accepter d'entrer dans un nouveau dispensaire qui s'ouvre à Clichy. Il y exercera jusqu'en décembre 1937 pour une consultation quotidienne de médecine générale de 17 heures à 18 heures 30. En même temps, il travaille dans un laboratoire spécialisé dans les vaccins et la pâte dentifrice, la Biothérapie, où il s'occupe de la correspondance avec le corps médical et de la publicité. Il y rédige notamment des textes publicitaires pour le dentifrice Sanogyl. Par ailleurs, au laboratoire Gallier, il participe à la mise au point d'un traitement des règles douloureuses, la « Basedowine ». À partir de 1931, il prend aussi des vacations dans un autre dispensaire, avenue de Saint-Ouen.

Ses différents emplois n'empêchent jamais Céline de voyager pour retrouver ses amies. Il réussit aussi à s'échapper pour se reposer, s'isoler et écrire chez les quelques rares personnes à qui il donne son amitié, et qu'il retrouve toujours avec plaisir, notamment en Bretagne. Ci-dessous l'image rare d'un Céline heureux sur la terrasse de Marie Le Bannier, la maîtresse du docteur Follet, à Saint-Malo en 1933.

Hormis une « farce en trois tableaux et petits divertissements », *Progrès*, qui n'a été publiée qu'en 1978, et *L'Église*, qu'il écrit avant son premier roman, on ne connaît de lui dans toute cette période que ses textes de médecine sociale et d'hygiène comme cet article polémique sur « La Santé publique en France » que publie en mars 1930 l'hebdomadaire de gauche, *Monde*. On y décèle déjà la vision célinienne de l'homme et des rapports sociaux qui se retrouvera dans l'œuvre romanesque et dans les pamphlets où les questions d'hygiène sont l'une de ses obsessions.

Écrivain et médecin

« [...] j'avais la vocation de médecin et puis dans le cours de la médecine, j'avais des ennuis économiques, n'est-ce-pas, que tout le monde, qui est né pauvre, doit avoir et alors pour résoudre ces problèmes-là je me suis dit rien de mieux que de faire un petit livre », confiera-t-il

Décédé le 14 mars 1932, Fernand Destouches, fier de son fils médecin, ne connaîtra pas son succès d'écrivain. Pour aider Marguerite, sa mère (ci-dessous après la parution de *Voyage au bout de la nuit*), qui n'a plus que de modestes revenus, Céline lui fera reverser jusqu'à sa mort, en 1945, les redevances qu'il touchait sur l'invention de la Basedowine et lui obtiendra une place de visiteuse médicale au laboratoire Gallier.

à la journaliste Francine Bloch en 1959 pour expliquer son passage à l'écriture. Après la publication de *Voyage au bout de la nuit*, les journalistes ne sont pas longs à le débusquer au dispensaire de Clichy. Il devient « le docteur Destouches, alias L.-F. Céline » et on le photographie même en compagnie de ses collègues.

Malgré son départ de la Société des Nations, il parvient à se faire subventionner quelques voyages, notamment à Londres, dans les pays nordiques et en Europe centrale qui lui servent de prétexte pour s'éloigner de la vie parisienne et faire de nouvelles conquêtes.

CHOMAGE
CHOMEURS ?

LE PRIX THEOPHRASTE RENAUDOT

Le docteur X...
alias
M. Céline

Une interview dans une clinique

À la mi-décembre 1932, en plein cœur de la polémique sur *Voyage au bout de la nuit*, Céline quitte Paris pour Genève et effectue une nouvelle mission officieuse pour le docteur Rajchman : une enquête sur le chômage qui le conduit à Berlin, Breslau et Vienne. Il va aussi y retrouver ses deux amies, Erika Irrgang et Cillie Pam. Il en rapporte le dernier texte médical qu'il a rendu public « Pour tuer le chômage, tueront-ils les chômeurs ? » dans lequel il ne peut que constater que les chômeurs sont condamnés à mourir quelles que soient les aides sociales qui leur sont attribuées. Bien qu'il évite la provocation, on sent déjà sous-jacentes des envies de dénoncer et il ne peut que faire le constat que si Hitler obtient facilement des crédits pour préparer la guerre il n'en a pas pour résoudre les problèmes sociaux.

Des centaines d'articles saluent le premier roman du docteur Destouches bientôt découvert sous le pseudonyme de Céline. En haut, à l'honneur dans *Excelsior*, avec le personnel du dispensaire, et ci-dessus son interview par Merry Bromberger dans *L'Intransigeant*.

Le succès de son premier livre, la parution de *Mort à crédit*, les voyages aux États-Unis pour essayer de ramener Elizabeth Craig, puis les pamphlets entre 1936 et 1938 ne touchent qu'épisodiquement sa vie de médecin. La plupart de ses modestes patients ne savent pas qui les soigne et ne retiennent de lui que sa gentillesse; il n'y a que pour ses collègues qu'il apparaît comme un personnage non conformiste, un écrivain un peu lointain qui n'est pas toujours là.

Elizabeth Craig (ci-contre au début de l'année 1933 chez Jean Ajalbert), interwievée en 1988, se souvenait très bien, à 86 ans, de leur vie à Montmartre: « Il rentrait le soir du dispensaire complètement épuisé moralement et il me racontait les malheurs de tous ces pauvres types qu'il avait soignés. [...] Je l'ai vu foncer comme un tigre pour obtenir quelques avantages pour des pauvres malheureux qui avaient peur de la vie et qui venaient lui demander de l'aide. [...] il n'arrêtait pas de se tourmenter sur le sort de ses patients. Quelquefois il les amenait chez nous. [...] Au dispensaire, il se battait pour obtenir le maximum de services pour ses patients... Et quand il n'y arrivait pas, il payait de sa propre poche ce dont il avait besoin pour les soigner. » (Jean Monnier, *Elizabeth Craig raconte Céline.*)

Après l'été 1939, il ouvre un cabinet à Saint-Germain-en-Laye sans grand succès et exerce la médecine scolaire au dispensaire de Sartrouville. Bien que réformé définitivement, il s'engage comme médecin maritime sur un navire civil, le *Chella*,

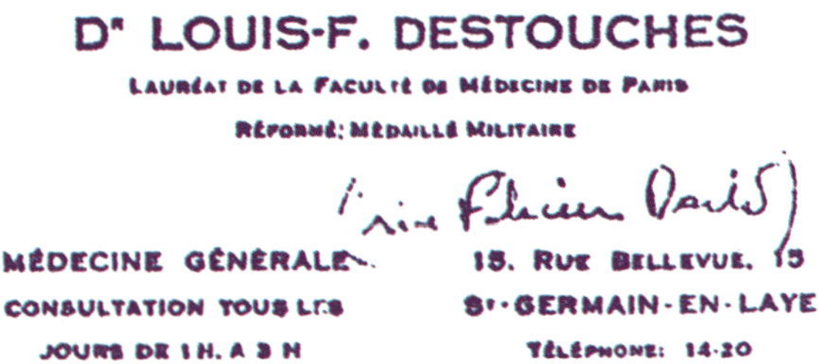

Dr LOUIS-F. DESTOUCHES

LAURÉAT DE LA FACULTÉ DE MÉDECINE DE PARIS

RÉFORMÉ: MÉDAILLÉ MILITAIRE

MÉDECINE GÉNÉRALE
CONSULTATION TOUS LES
JOURS DE 1 H. A 3 H

15. RUE BELLEVUE. 15
St-GERMAIN-EN-LAYE
TÉLÉPHONE: 14-20

À plusieurs reprises, le docteur Destouches a tenté de s'installer à son compte (ci-dessus, carte de visite à l'adresse de Saint-Germain-en-Laye en 1939), mais sans succès comme s'il était plus à son aise dans le travail collectif des dispensaires.

un bâtiment de la Compagnie Paquet réquisitionné sur la ligne Marseille-Casablanca. Alors qu'il y a embarqué le 1er décembre 1939, le navire éperonne un aviso britannique affecté à la chasse aux sous-marins qui naviguait feux éteints dans la nuit du 5 au 6 janvier 1940. Cela donne à Céline une nouvelle opportunité d'exercer son métier de médecin, mais ils sont contraints de rentrer à Marseille. Fin d'une brève aventure.

À partir du mois de mars 1940, Céline occupe les fonctions de médecin-chef du dispensaire de Sartrouville et, le 10 juin, alors que les Allemands approchent de Paris, on lui confie l'ambulance municipale pour prendre la route de l'exode avec

Lucette Almansor, sa compagne, et tout le service, vers La Rochelle puis jusqu'à Saint-Jean-d'Angély. Sur la route, il soigne les blessés qu'ils rencontrent et assiste à plusieurs bombardements. Le 14 juillet, il rentre à Sartrouville mais se retrouve à nouveau sans emploi jusqu'au 21 novembre où il est nommé médecin-chef du dispensaire de Bezons. Redevenu un médecin anonyme, il parvient à exercer son métier malgré les difficultés dues à la guerre. Il y connaît les privations, le manque de médicaments et la distribution de tickets de rationnement.
Les témoignages sur son dévouement sont nombreux qui ne font jamais état d'opinions politiques ou du caractère hautain que l'on pourrait prêter à l'écrivain. Le docteur Destouches et Louis-Ferdinand Céline sont presque deux personnages différents dans la vie, c'est dans la fiction qu'ils se trouveront étroitement mêlés. Il reste en poste à Bezons jusqu'à son départ en Allemagne en juin 1944.

“nous fûmes épargnés, Lili, moi, Bébert, en raison de notre ambulance... [...] pas que moi et Lili, une grand-mère et deux nourrissons ! [...] le général commandant la place, général français, voulait que nous embarquions pour Londres avec la bouzine, et la grand-mère et les mômes, certes c'était tentant !... ma fortune prenait un autre tour, quel héros je serais à l'heure actuelle !”

Rigodon

Ci-dessous, sur la route de l'exode, avec Lucette (Lili) de profil et l'ambulance de Sartrouville.

Faut-il ou non pardonner ses errements à un grand écrivain ? Pour certains, le génie excuse tout ; pour d'autres, l'ignominie est telle qu'elle empêche jusqu'à la lecture de ses œuvres majeures. Il reste un fait : Céline a écrit le meilleur et le pire. Les circonstances dans lesquelles il a écrit ses pamphlets permettent de mieux le comprendre, non de l'excuser. Ils sont aussi un passage vers une seconde partie de son œuvre, moins connue, qui a marqué pour lui une sorte de renaissance littéraire quelques années avant sa mort.

CHAPITRE 3

LE PAMPHLÉTAIRE

Contrairement à ce que provoque aujourd'hui ce type d'écrits, les pamphlets de Céline à la fin des années 1930, reflets de cette époque troublée, furent plutôt bien accueillis (ci-contre publicité de sa maison d'édition). Ce n'est qu'une fois révélée la folie meurtrière d'Hitler qu'ils prirent le sens qui valut à leur auteur un opprobre mérité et qu'ils ne furent plus réédités.

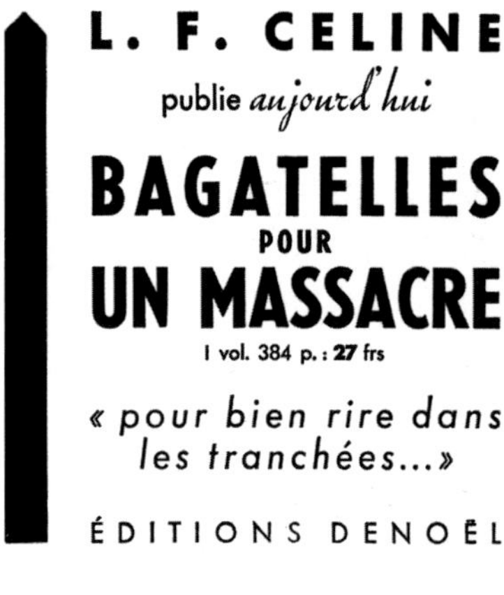

La première guerre

Céline a été profondément marqué par son expérience de la guerre, même si pour lui elle n'a duré que peu de temps. Elle est déclarée alors qu'il est engagé au 12e régiment de cuirassiers à Rambouillet et qu'il a été nommé brigadier puis maréchal des logis. Louis a tout juste vingt ans et sur son cheval il a l'air fier de celui qui n'a pas encore connu le combat. Son régiment est envoyé en Lorraine et connaît le baptême du feu le 21 août 1914. Tout de suite, c'est l'enfer : il faut s'imaginer les charges de la cavalerie, sous le feu des batteries ennemies, pour empêcher les Allemands de traverser

L... chal des logis DESTOUCHES, *du* 12e *régiment de cuirass*
q... it en liaison entre un régiment d'infanterie et sa brigade) p
... rie hésitaient à transmettre. Après avoir porté cet ordre, i

la Meuse ! En octobre, le régiment est envoyé dans les Flandres au moment où l'ennemi ne parvient plus à enfoncer les lignes britanniques et françaises et où la guerre va s'installer dans les tranchées. « Une longue raie grise et verte soulignait déjà au loin la crête du coteau, à la limite de la ville, dans la nuit ; le Jour ! Un de plus ! Un de moins !, se souvient Céline dans le *Voyage*. Il faudrait essayer de passer à travers celui-là encore comme à travers les autres, devenus des espèces de cerceaux de plus en plus étroits, les jours, et tout remplis avec des trajectoires et des éclats de mitraille. » Le 27 octobre, parti en mission de liaison volontaire pour transmettre des ordres et alors qu'il rejoint son unité, il est projeté à terre par l'explosion d'un obus et, remonté sur son cheval, reçoit une balle au bras droit. Mal soigné, il en gardera toute sa vie

Le fait d'armes du maréchal des logis Destouches (à gauche en grande tenue, en mai 1914), blessé en mission le 25 octobre 1914, fait la dernière page de *L'Illustré national* en décembre (ci-dessus). Céline lui-même en fit un pastiche (page de droite) qu'il offrit à son ami peintre Gen Paul. Sa médaille militaire, il l'arbore fièrement parmi les blessés soignés avec lui à l'hôpital du Val-de-Grâce en décembre 1914 (ci-contre). Au dos de cette photographie, il écrira plus tard : « Vue de héros en décadence, Louis. »

une infirmité et fera de cet événement un élément de sa légende, allant jusqu'à parler de trépanation. Le 25 novembre, il est décoré de la médaille militaire pour sa conduite. Soigné à Hazebrouck puis au Val-de-Grâce et enfin opéré du bras à Villejuif, il reste en convalescence jusqu'à son affectation à Londres en mai 1915. C'est là une expérience qui a transformé sa vie : ces milliers de morts, il faut tout faire pour empêcher que cela recommence.

Mea culpa

À cet « effroi » de la guerre succède, quelque vingt ans plus tard, celui de la découverte de l'Union soviétique

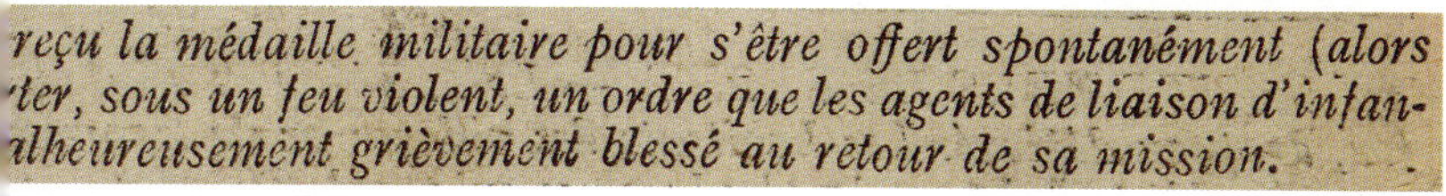
reçu la médaille militaire pour s'être offert spontanément (alors
ter, sous un feu violent, un ordre que les agents de liaison d'infan-
alheureusement grièvement blessé au retour de sa mission.

– « effroyable » –, où Céline part en août 1936, après la tiède réception critique de *Mort à crédit*. À son retour, abandonnant la rédaction d'un nouveau roman, *Casse-pipe*, il se remet à écrire mais, cette fois, c'est le pamphlétaire qui prend le dessus. C'est autant l'incompréhension de son œuvre que le climat

“Je me disais toujours que la première lumière qu'on verrait ce serait celle du coup de fusil de la fin. Depuis quatre semaines qu'elle durait, la guerre, on était devenus si fatigués, si malheureux, que j'en avais perdu, à force de fatigue, un peu de ma peur en route. La torture d'être tracassés jour et nuit par ces gens, les gradés, les petits surtout, plus abrutis, plus mesquins et plus haineux encore que d'habitude, ça finit par faire hésiter les plus entêtés, à vivre encore. Ah ! l'envie de s'en aller ! Pour dormir ! D'abord ! Et s'il n'y a plus vraiment moyen de partir pour dormir alors l'envie de vivre s'en va toute seule.”

Voyage au bout de la nuit

politique troublé qui est probablement l'une des causes de son engagement dans cette autre forme d'écriture. Sous le titre *Mea culpa*, Céline ajoute son témoignage à ceux de Roland Dorgelès et d'André Gide sans en faire pour autant un récit de voyage. Il l'a écrit en à peine trois mois et il paraît fin décembre. Parti en curieux, il est revenu choqué et ce cri d'alarme s'est imposé à lui. Dans un texte court mais très dense, il dénonce à la fois tout le système bourgeois qui repose sur l'exploitation des plus faibles et l'échec du communisme qu'il attribue surtout à ce qu'il appelle la « vacherie » de la nature humaine, les bas instincts naturels de l'homme. C'est un virulent plaidoyer anticommuniste que ses amis de gauche ne lui pardonneront pas.

Bagatelles pour un massacre

Si la publication de *Mea culpa* ne rencontre que peu d'écho, elle donne à Céline le goût de poursuivre dans sa dénonciation de la société. Après un nouveau séjour à New York en février, il rédige en six mois un deuxième pamphlet, *Bagatelles pour un massacre*. Lancé fin décembre 1937, il dresse un état de la décadence française dont les causes principales sont notamment, selon lui, le cinéma et surtout

« La misère ça se comprendrait bien qu'ils en aient marre une fois pour toutes, les hommes accablés, mais la misère c'est l'accessoire dans l'histoire du monde moderne ! »

Mea culpa

Dans ses pamphlets, Céline laisse tant aller sa haine que même ceux qui ont admiré ses romans ne le comprennent plus et que beaucoup s'en éloignent : ainsi cette réaction violente du peintre Maurice de Vlaminck adressée à Lucien Descaves.

Ce n'est plus de la haine dans <u>Bagatelles pour un massacre</u> ! mais un progrome !! une incitation à une Saint-Barthélemy !!!

l'alcoolisme. Au lieu de se préoccuper de la montée du nazisme, il dénonce le péril soviétique et accuse les francs-maçons et les Juifs d'entraîner le pays vers le même régime. L'excès est évident, l'écriture rageuse, comme si Céline ne contenait plus une colère qui est montée progressivement. Le Front populaire, qu'il considère favorable à la guerre, est trop progressiste pour lui. Léon Blum devient le symbole, le « Juif » qui mène la France à un désastre dont Céline ne veut pas. Le « Juif » comme le « communiste », il en fait des boucs émissaires. Même si Céline n'épargne personne, ce sont ses excès qui font scandale car l'antisémitisme dont il fait preuve, même s'il se veut le porte-parole d'une majorité de la population française dont les antidreyfusards ont été les représentants, continue de choquer. Ni *Voyage au bout de la nuit* ni *Mort à crédit* ne contiennent de propos antisémites ou de personnages de Juifs. Dans *Mort à crédit*, Céline fait même du père de Ferdinand un antisémite minable et raté, lecteur de Drumont. Dans *L'Église*, le personnage caricatural de Yudenzweck n'est là que comme figure emblématique du pouvoir incarné par la Société des Nations. Mais Céline a été marqué dès son enfance par la banalisation de l'antisémitisme dans la société française, et son pacifisme, comme pour beaucoup de ceux qui ont vécu la première guerre, le conduit à attribuer aux Juifs tout ce qui risque selon lui de conduire à un nouveau conflit.

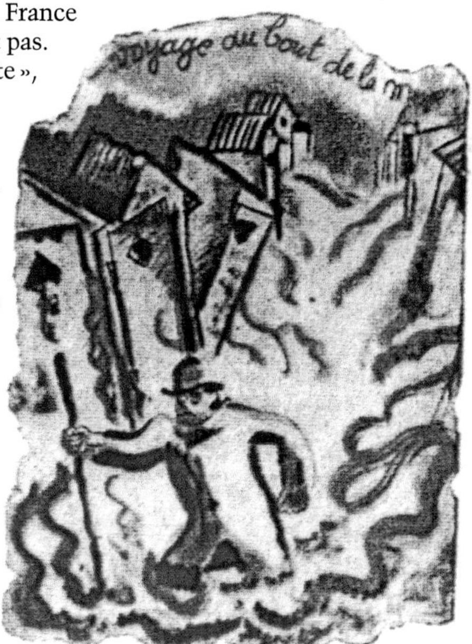

Dans la publicité pour *Bagatelles*, Denoël présente le pamphlet comme « chargé de haine » mais « incroyablement comique ». C'est probablement du fait de ces outrances qu'il suscite de vives polémiques, tout en bénéficiant d'un accueil

Dans *Bagatelles pour un massacre*, Céline laisse libre cours à ses délires : « Ferdinand, quand c'est la bataille, le fascisme vaut le communisme... Dans la prochaine Walkyrie, tu peux le croire très fermement, que ça soye Hitler qui remporte ou son cousin Staline... ça sera du pareil au même... la façon qu'on sera têtards, nous. Le Français dans le cours des âges, il a jamais su ce qu'il voulait, ni dans la paix, ni dans la guerre. »

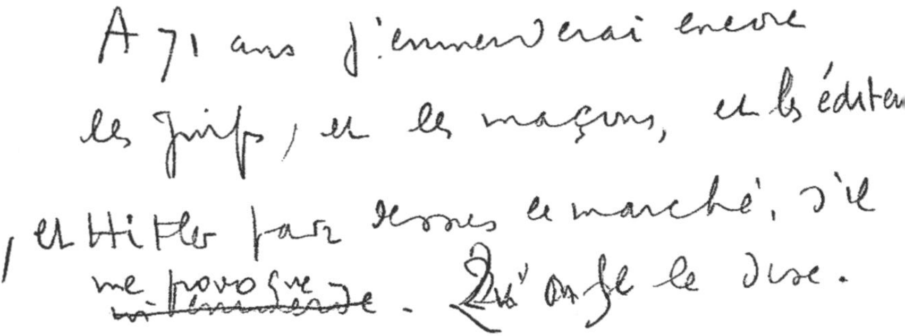
A 71 ans j'emmerderai encore
les Juifs, et les maçons, et les éditeurs
, et Hitler par dessus le marché, s'il
me provoque. Qu'on se le dise.

Avec *L'École des cadavres* (extrait du manuscrit, ci-dessus), Céline poursuit ses virulentes élucubrations, dépassant définitivement les bornes. Tout le monde est logé à la même enseigne et c'est en vain que l'on attendra un quelconque remords de sa part.

étonnamment tolérant, comme si Céline n'était pas vraiment pris au sérieux, comme s'il allait trop loin pour être inquiétant.

L'École des cadavres

L'été suivant, à Dinard, il en entreprend une suite, *L'École des cadavres*, qui paraît en novembre 1938. Antisémite encore et ultra-pacifiste, ce nouveau pamphlet finit de placer Céline en dehors de la politique : il est rejeté par la gauche et jugé indésirable à droite car non conformiste. C'est dans une alliance avec l'Allemagne, et contre les Anglais, qu'il considère comme l'ennemi héréditaire, que Céline voit la seule façon d'éviter une guerre qui se profile déjà avec le réarmement conduit par le gouvernement Daladier. Céline ne dit rien de vraiment nouveau par rapport à son premier pamphlet, mais il le dit avec encore plus de violence, comme emporté dans un délire obsessionnel que seul le fait d'écrire semble pouvoir calmer. À l'heure où tous les politiques prêchent la réconciliation nationale, *L'École des cadavres* est forcément mal reçue et même attaquée de toutes parts. À la suite du décret Marchandeau, dit « sur les habitants », qui vise principalement la presse d'extrême droite et a pour but de protéger les minorités raciales, Robert Denoël,

En réponse au journal *Je suis partout,* qui avait écrit à la suite du retrait de la vente des pamphlets « Ferdinand, tu te dégonfles », Céline envoya une lettre dont le journal ne publia que ces quatre lignes télégraphiques.

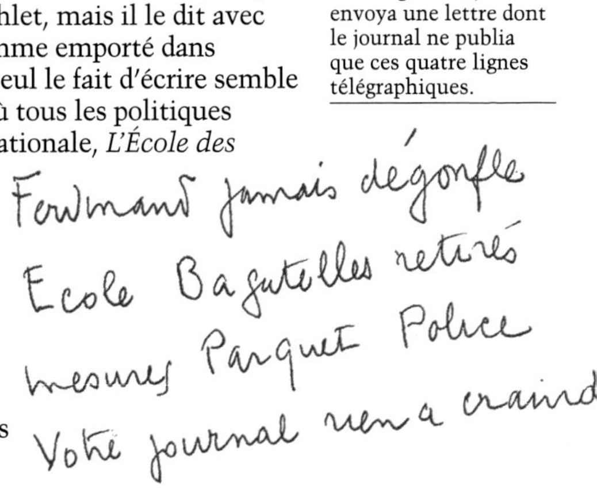
Ferdinand jamais dégonflé
Ecole Bagatelles retirés
mesures Parquet Police
Votre journal rien à craindre

en accord avec l'auteur, décide en mai 1939 de retirer les deux pamphlets de la vente. Le 21 juin, le docteur Rouquès, que Céline a qualifié de Juif, le fait condamner pour diffamation. Le lancement de la traduction allemande de *Bagatelles* provoque à nouveau une polémique : Céline est accusé de connivences avec Otto Abetz et Darquier de Pellepoix par *Le Canard enchaîné* et *L'Humanité*. Il y répond vertement, d'autres journaux s'en mêlent mais la déclaration de guerre vient brusquement interrompre le débat.

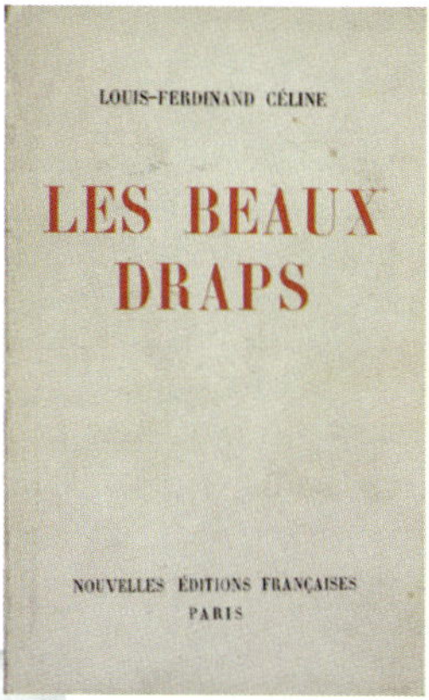

"Il faudrait apprendre à danser. La France est demeurée heureuse jusqu'au rigodon. On dansera jamais en usine, on chantera plus jamais non plus. Si on chante plus on trépasse, on cesse de faire des enfants, on s'enferme au cinéma pour oublier qu'on existe, on se met en caveau d'illusions, tout noir, qu'est déjà de la mort, avec des fantômes plein l'écran, on est déjà bien sages crounis, ratatinés dans les fauteuils, on achète son petit permis avant de pénétrer, son permis de renoncer à tout, à la porte, décédés sournois, de s'avachir en fosse commune, capitonnée, féerique, moite."

Les Beaux Draps

Ci-contre, en 1942, le peintre Gen Paul, Céline et l'acteur Pierre Labric, maire de la Commune libre de Montmartre.

Les Beaux Draps

Après la débâcle de juin 1940, à laquelle il a assisté, Céline décide de raconter à chaud ce qu'il vient de vivre dans un nouveau pamphlet, *Les Beaux Draps*, qui paraît en février 1941 aux Nouvelles Éditions françaises, une société que vient de créer Robert Denoël. Il y donne sa propre version de l'exode en tournant en dérision la déroute de l'armée française. La guerre qu'il redoutait tant étant arrivée, ce sentiment d'écœurement que la défaite a fait naître en lui, il veut le faire partager en laissant une nouvelle fois libre cours à ses obsessions. Il y dessine un avenir noir pour la France de l'après-guerre, une sorte de communisme où la petite bourgeoisie règne en maître. Un avenir tellement noir que le gouvernement de Vichy fait symboliquement saisir le livre en zone libre. Il accompagne cette publication d'un « Acte de foi » paru dans *La Gerbe*, première d'une série de contributions plus ou moins destinées à la publication dans la presse de l'Occupation à laquelle pourtant il refuse de collaborer de façon régulière. Outre les questions raciales, Céline est sollicité sur l'actualité sociale (les restaurants coopératifs ou la réédition de « La Médecine chez Ford »), l'actualité littéraire (Cocteau ou Péguy) et l'actualité politique. Mais Céline ne s'engage dans aucun parti et provoque même souvent les Allemands en leur prédisant une défaite inéluctable bien qu'elle lui fasse peur pour son propre avenir. En même temps

Alors que Ralph Soupault caricature la saisie des *Beaux Draps* (ci-dessous), Céline se fait plus discret. « Vous me demandez pourquoi je n'écris plus ? Vous êtes bien aimable. Ma réponse est simple. Ce qui est écrit est écrit. Jamais de redites. Ce qu'il faut écrire, rien de plus, au juste moment. Le moment passé, le danger passé, place aux commerçants ! Aux chiens et aux moutons ! Aux vendeurs de tout ! Aux bêleurs en tout ! Il faut de tout pour faire un monde !... », écrit-il à Jean Lestandi, journaliste au *Pilori*, le 10 septembre 1942.

qu'il vitupère contre les Juifs ou les communistes, il n'hésite pas à soigner des Juifs ou des résistants et à aider des jeunes gens à ne pas partir travailler en Allemagne.

Céline voit se dessiner la fin de la guerre, et l'année 1942 – malgré quelques manifestations à caractère politique ou des lettres circonstancielles et quelques polémiques à propos des *Beaux Draps* – est marquée par son retour au roman, avec la rédaction de *Guignol's Band* dont le premier tome est publié par Denoël en mars 1944. À la mi-juin, après le débarquement, Céline décide de quitter Paris. Il appréhende la Libération et les représailles contre ceux qui, comme lui, vont être accusés de collaboration. Avec sa femme Lucette et leur chat Bébert, ils gagnent l'Allemagne. Ils retrouvent leur ami, l'acteur Robert Le Vigan, à Baden-Baden où ils resteront jusqu'à fin juillet. Céline veut se rendre au Danemark, mais doit demeurer à Neu Ruppin, près de Kraentzlin, jusqu'au mois d'octobre où il rejoint la colonie française regroupée autour du maréchal Pétain à Sigmaringen. Pendant quatre mois, et bien qu'il n'y occupe aucune fonction officielle et loge à l'extérieur du château, il y pratique la médecine auprès des réfugiés de la colonie française.

“Nous partons avec Lucette le 15 juin pour Baden-Baden. *Il le faut.* La vie ici devient impossible pour moi, je resterai quelques semaines à Baden-Baden et puis je prendrai un poste médical là-bas en attendant les événements.”

Céline
à Karen Marie Jensen,
10 juin 1944

Ci-dessus l'acteur Robert Le Vigan, que Céline et Lucette ont retrouvé en Allemagne et le *Brenner's Park Hotel* où ils ont résidé à Baden-Baden.

RÉPUBLIQUE FRANÇAISE

Timbre de dimension

LOI

F. 15

PRÉFECTURE DE POLICE

N° 2560450

Série B

CARTE D'IDENTITÉ

Nom : Alcante

Prénoms : Lucile

Né le 20 Juin 1914

à Pondichery, Etab.

département Franc. de l'Inde

Nationalité : Française.

Profession : Prof. Ed. Physiq.

Domicile : 12 Rue de Navarin 9e

SIGNALEMENT

Taille 1m61

Cheveux chat.

Moustache

Yeux gris vert

Nez { Dos rect Base horiz. / Dimension moy

Forme générale du visage ov.

Teint clair

Signes particuliers

Empreinte digitale

Signature du titulaire, Alcante

Paris, le ... 19...

LE PRÉFET DE POLICE,

3-D — Imp. Chaix (B). — C.O.L. 31-3659. — 1381-43.

Grâce à un frère de leur ami danseur Serge Perrault, qui était employé à la Préfecture de Police, Céline et Lucette Destouches purent quitter la France avec de fausses cartes d'identité (ci-contre et page suivante) datées du 8 février 1944. Lucette devient ainsi Lucile Alcante, professeur de culture physique et Louis-Ferdinand Louis François Deletang, représentant.

À Baden-Baden (ci-contre Lucette promenant Bébert en laisse) ils furent rejoints, outre Robert Le Vigan, par d'autres Français, la pianiste Lucienne Delforge avec qui Céline avait eu une liaison de mai 1935 à mars 1936; Jean Luchaire, président de l'Association de la presse parisienne pendant l'Occupation; l'écrivain Alphonse de Châteaubriant; Otto Abetz, l'ambassadeur d'Allemagne en France; le chroniqueur de radio Jean Hérold-Paquis et Pierre Laval lui-même. Tous allaient se retrouver à Sigmaringen. Mais Céline et sa femme seront les seuls à traverser l'Allemagne pour gagner le Danemark, où Louis – en prévision de son exil – avait déposé avant guerre des pièces d'or, achetées avec ses droits d'auteur, qui allaient leur permettre de subsister.

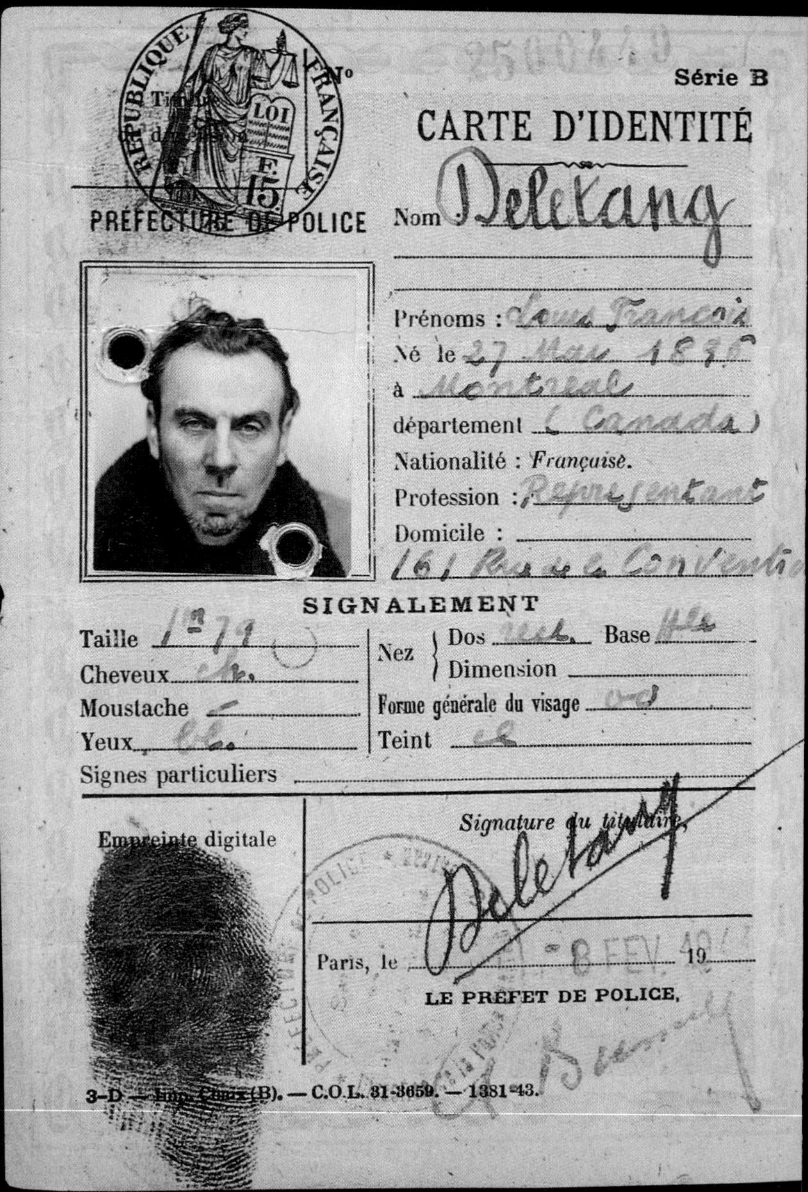

RÉPUBLIQUE FRANÇAISE
Timbre de ... LOI F. 15
N° 2500449
Série B

CARTE D'IDENTITÉ

PRÉFECTURE DE POLICE

Nom Deletang

Prénoms : Louis François
Né le 27 Mai 1896
à Montreal
département (Canada)
Nationalité : *Française.*
Profession : Représentant
Domicile : 161 Rue de la Convention

SIGNALEMENT

Taille 1m79
Cheveux ch.
Moustache –
Yeux bl.
Nez { Dos rect. Base hle / Dimension
Forme générale du visage ov
Teint cl
Signes particuliers

Empreinte digitale

Signature du titulaire,
Deletang

Paris, le 8 FEV 194 19

LE PRÉFET DE POLICE,

3-D — Imp. Chaix (B). — C.O.L. 31-3659. — 1381-43.

Un écrivain en exil

Le 6 mars 1945, Céline part pour le Danemark sous les bombardements, en passant par Hanovre et Hambourg. Il atteint Copenhague le 27 et loge chez son amie Karen Marie Jensen. Le 19 avril, un mandat est lancé contre lui par un juge d'instruction de la Cour de justice de la Seine, mais sa présence au Danemark est légalisée grâce à un avocat, Thorvald Mikkelsen. Il reprend le manuscrit du second volume de *Guignol's Band*, commencé avant son départ de Paris, mais l'abandonne en décembre pour écrire un ballet, *Foudres et flèches*. C'est le moment où il recommence à être publié en France : *Casse-pipe*, par Jean Paulhan, dans *Les Cahiers de la Pléiade* et *Foudres et flèches* chez un petit éditeur. *Casse-pipe* est le début de son roman sur la première guerre dont on ne connaît que le premier chapitre et qu'il avait interrompu pour écrire ses pamphlets. La description, tout à fait dans la veine de *Mort à crédit*, qu'il y fait de la vie de caserne d'un jeune cuirassier nous fait regretter qu'il ne soit pas achevé. Son ami écrivain Albert Paraz prend publiquement sa défense dans son *Gala des Vaches*, dans lequel il publie les lettres qu'ils ont échangées. L'année 1949 voit également la réédition de *Voyage au bout de la nuit* et le lancement en volume de *Casse-pipe* ; l'année suivante, c'est *Mort à crédit* qui est republié, mais l'écrivain reste peu fréquentable dans une France qui pardonne lentement les trahisons de la guerre mais ne les oublie pas.

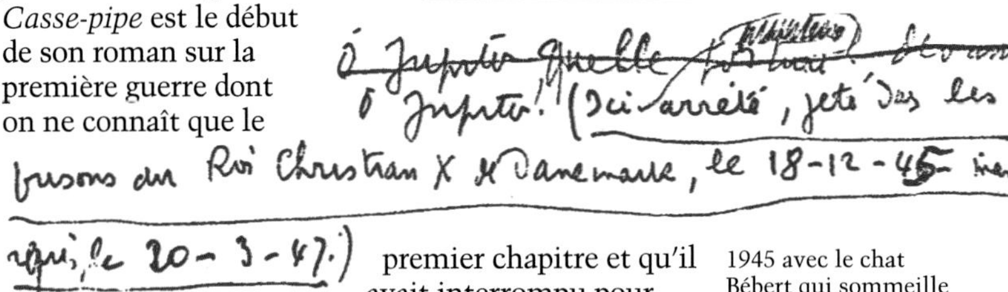

À peine installé à Copenhague au 20, Vedstranden, l'appartement de Karen Marie Jensen qui à ce moment-là résidait en Espagne, Céline a pu se remettre à écrire jusqu'à son arrestation : ici au cours de l'été 1945 avec le chat Bébert qui sommeille à côté de lui, semblant veiller sur les pages d'écriture de son maître. Dans le manuscrit de *Foudres et flèches*, sur lequel il travaillait alors, Céline a indiqué (ci-dessus) l'endroit où il a été interrompu par les policiers danois venus l'arrêter et la date à laquelle il a pu reprendre la rédaction de son ballet.

Le 17 décembre, la légation de France au Danemark demande son extradition. Céline et sa femme sont écroués et incarcérés à la prison de Vestre Fængsel. Lucette, remise en liberté le 28, s'installe dans un petit atelier au 8, Kronprinsessegade. Céline, lui, va demeurer en prison pendant près de onze mois alors que les autorités françaises et danoises négocient. Il parvient à écrire un peu et, en novembre 1946, rédige ses « Réponses aux accusations ». Le 8, malade, il est transféré au Sundby Hospital et ne rejoint l'infirmerie de Vestre Fængsel que le 24 janvier 1947 avant d'être transféré le 26 février au Rigshospital. Affaibli, il ne pèse plus que soixante-deux kilos. Le 24 juin, il est finalement élargi après s'être engagé à ne pas quitter le Danemark sans l'accord des autorités danoises.

Dans cet autoportrait réalisé en 1948, quelques mois après sa sortie de prison, Céline se représente avec un boulet au pied et dessine Bébert « attaché aussi ». Ce séjour en prison, il le qualifiera plus tard d'un des deux événements marquants de son existence, avec son expérience de la guerre.

Céline rejoint Lucette à Kronprinsessegade et annonce à sa secrétaire, Marie Canavaggia, l'achèvement de *Guignol's Band II*, qui ne sera publié qu'en 1964 sous le titre *Le Pont de Londres*. Il entreprend l'écriture de *Féerie pour une autre fois* qui, avec le deuxième volume, *Normance*, l'occupera jusqu'à son retour en France. En novembre, ayant pris connaissance de *Réflexions sur la question juive* de Jean-Paul Sartre dans lequel celui-ci le prend à partie, il lui répond sous le titre *À l'agité du bocal*, mais ne trouve aucun éditeur pour le publier. Enfin, le 19 mai 1948, Céline est autorisé à aller habiter Klarskovgaard, près de Korsör, sur la mer Baltique. Il y occupe l'un des pavillons de la propriété de son avocat, maître Mikkelsen.

"Malade", CELINE
cet après-midi par con

Pendant dix-huit mois, il écrit, ne s'interrompant que pour recevoir quelques amis fidèles. Un jeune professeur américain, Milton Hindus, dont l'admiration ne résistera pas à leur rencontre, vient également lui rendre visite.

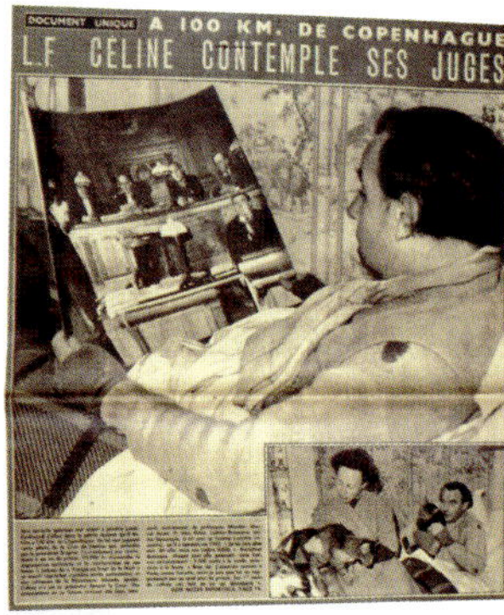

DOCUMENT UNIQUE A 100 KM. DE COPENHAGUE

L.F. CELINE CONTEMPLE SES JUGES

Le procès

Le procès de Céline en Cour de justice est fixé au 21 février 1950. Le journaliste Maurice Lemaître lance une enquête à ce sujet dans *Le Libertaire* dont les réponses sont plutôt bienveillantes. Sous l'égide du Comité d'action

Conseillé par ses avocats, Céline invoqua son état de santé, même s'il était remis de son séjour en prison, pour être jugé sans être présent. Renvoyé plusieurs fois, le procès fit la une de la presse (ci-dessus *L'Humanité*) et Céline put en lire les comptes rendus dans son refuge à Klarskovgaard (ci-dessus, l'hebdomadaire *Radar* le montre regardant une photo des juges de la Cour de justice). Ci-contre, après son amnistie, Céline à l'aéroport de Copenhague accompagné de Lucette et de son avocat, Thorvald Mikkelsen (derrière lui).

jugé

nace

de la Résistance, une plaquette accusatrice lui est consacrée, sous le titre *L'Affaire Céline. L'École d'un cadavre*. Céline est défendu par maîtres Albert Naud et Jean-Louis Tixier-Vignancour. Arletty, Marcel Aymé, Jean Galtier-Boissière, Pierre Mac Orlan, Henry Miller et Évelyne Pollet témoignent à décharge. Raoul Nordling, les professeurs Henri Mondor et Pierre Lantuejoul, ainsi qu'une « Association israélite pour la réconciliation des français » apportent leur caution morale. Céline est condamné par contumace à un an de prison et cinquante mille francs d'amende. Il est en outre mis en état d'indignité nationale et condamné à la dégradation nationale et à la confiscation de ses biens à concurrence de la moitié.

Dès le 24, Céline rédige une « Réponse à l'exposé du parquet de la Cour de justice ». Il ne veut pas rentrer en France car, même s'il a été en prison au Danemark, il est toujours sous le coup d'un mandat d'arrêt. Le 12 mars 1951, Céline fait opposition au jugement; il est désormais entre les mains du tribunal militaire qui, le 15 mars, lève le mandat d'arrêt et le 21 avril amnistie Louis-Ferdinand Destouches sans vraiment s'apercevoir qu'il s'agit de Céline.

Rentré en France en juillet 1951, Céline en avait fini avec la justice. En octobre de la même année, lorsqu'il se rend au Palais de justice de Paris (ci-dessous, avec devant lui maître Tixier-Vignancour), c'est pour se constituer partie civile après une plainte contre l'éditeur René Julliard qui venait de publier le *Journal* d'Ernst Jünger. L'écrivain allemand y rapportait des propos de Céline pendant l'Occupation que celui-ci contestait, alors que dans l'édition originale allemande il avait pris la précaution de remplacer le nom de Céline par Merlin. L'affaire se terminera par un non-lieu.

Les années Meudon

Le 1er juillet 1951, Céline rentre en France avec Lucette, leurs chiens et leur chat Bébert. Il passe l'été chez l'industriel Robert Marteau à Nice puis à Neuilly et se fixe en septembre à Meudon, 25 ter, route des Gardes, qui sera son dernier domicile. Lucette y ouvre un cours de danse et le docteur Destouches, en septembre 1953, un cabinet médical. Il reçoit quelques malades et plus rarement visite à

À Meudon, où le couple s'est installé (ci-contre), Céline écrira ses derniers romans, ne s'interrompant que pour recevoir quelques visites (page de droite en haut, avec Albert Paraz et, en bas, Michel Simon et Arletty). Il sort le moins possible, pour se rendre chez Gallimard, son éditeur, ou exceptionnellement chez Marcel Aymé (ci-dessous) dans sa maison de campagne à Grosrouvre, près de Montfort-l'Amaury.

domicile. En juillet, Céline a signé un contrat général avec Gallimard qui réimprime, à l'exception des quatre pamphlets, toute son œuvre entre mars et mai 1952.

Les rééditions de *Voyage au bout de la nuit* au Club du Meilleur Livre puis au « Livre de Poche » marquent le début de son retour en grâce. Il est photographié par *Paris-Match* avec Arletty et Michel Simon qui enregistrent un disque des morceaux choisis de son œuvre. Il y interprète deux chansons qu'il a écrites, « À nœud coulant » et « Règlement ».

Il reçoit de temps en temps ses amis – Albert Paraz, Lucien Rebatet, Pierre Monnier, Marcel Aymé, Roger Nimier notamment –, mais sort peu de chez lui. Malgré quelques interviews, il vit reclus, entouré de chiens et de chats et d'un perroquet, Toto, qui a remplacé Bébert dans la légende.

La trilogie allemande :
D'un château l'autre...

Après l'échec de *Féerie pour une autre fois*, Céline écrit *D'un château l'autre*, premier volet d'une trilogie qui relate son séjour en Allemagne à la fin de la guerre. Alors que *Voyage au bout de la nuit* évoquait la première guerre, c'est la seconde qui lui sert cette fois de trame historique. De juin 1944 à mars 1945, avec sa femme et leur chat Bébert, ils ont vécu une aventure hors du commun. Céline la retrace dans un récit présenté comme autobiographique, que son talent de narrateur, mêlant et dépassant la chronique, le roman historique et l'épopée, rend inclassable. Si l'on y retrouve par moments certains de ses thèmes favoris d'avant-guerre, le renouvellement est total, notamment par le traitement de la langue. S'il envisage l'histoire de manière anecdotique, tour à tour personnage et narrateur, Céline y greffe ses phantasmes pour décrire les situations les plus incongrues. Sans souci de la chronologie, il semble improviser, montrant une parfaite maîtrise de la composition. Il multiplie les digressions et revient souvent à Meudon, où il est en train d'écrire, pour invectiver le monde entier dans une sorte de chronique de sa vie recluse. Contrairement à *Féerie pour une autre fois* dans lequel il avait laissé de côté l'histoire au profit de la langue, il revient ici à un récit plus construit afin de reconquérir un public qui l'avait peu à peu abandonné à ses délires.

"je réfléchis d'en haut de mon jardin... l'endroit du vraiment grand point de vue... l'endroit vraiment admirable [...] Paris s'impose... tout Paris, en face, en bas... les boucles de la Seine... le Sacré-Cœur, très au loin... tout près, Billancourt... Suresnes, sa colline... Puteaux, entre deux... des souvenirs, Puteaux... le sentier des Bergères... d'autres souvenirs, le Mont-Valérien... l'hôpital Foch..."

D'un château l'autre

Dans ce premier volume, il évoque principalement son séjour à Sigmaringen dont le château a abrité le maréchal Pétain en fuite à la fin de la guerre. Mettant en scène la petite ville envahie par les réfugiés, il montre la difficile cohabitation avec la population locale et la fin pitoyable du gouvernement de Vichy. Il en fait une restitution hyperréaliste grâce à son style et à ses exagérations. Comme témoin, il peut se servir de ce vécu qui fait souvent défaut aux historiens lorsqu'ils retracent une telle période et, dans une Allemagne défaite en proie aux bombardements, il fait entrer son lecteur au cœur de l'horreur d'une fin de guerre avec ses bombes, ses décombres et ses exodes. Dans ce monde où règnent la peur et la lâcheté, chacun essaie de survivre, mais Céline, s'il fait partager ses angoisses, parvient à les dépasser en utilisant les ressources d'un comique qui fait bien souvent oublier que c'est une tragédie qui se joue. Servi par son imagination, il ne se départit pas d'une verve qui donne une dimension souvent cruelle mais toujours onirique à des situations qu'il sait rendre inoubliables.

D'un château l'autre est publié en juin 1957. Premier livre à aborder cet épisode historique, il est aussitôt l'objet de vives polémiques. Roger Nimier s'occupe du lancement avec une interview dans *L'Express* qui fait sensation. Le retour de Céline au premier

plan ne plaît pas à tout le monde. Et pourtant chacun reconnaît qu'en ayant renouvelé son style l'écrivain a retrouvé sa place dans la littérature française. Il a inventé une nouvelle technique de narration, hachée, déstructurée.

... à *Nord* et *Rigodon*

Céline est interviewé à la Radio-Suisse romande et dans « Lectures pour tous », l'émission télévisée de Pierre Dumayet. Aux journalistes se joignent également des universitaires qui amènent Céline à renouveler son discours et Louis Pauwels à son tour l'interrogera pour

Obsédé par le désir de raconter son expérience vécue, par l'argent qu'il doit à son éditeur, et sans doute conscient du peu de temps qu'il lui reste, Céline ne cesse d'écrire.

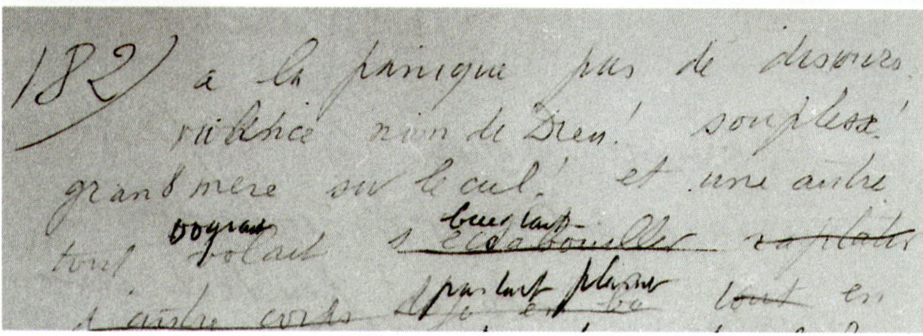

la télévision. Il cesse son activité médicale le 31 mars 1959, faisant valoir ses droits à la retraite peu avant ses 65 ans. En mai, Gallimard édite un recueil des ballets, écrits depuis 1936, qu'il avait en vain essayé de faire mettre en scène. Dans un registre très différent de ses romans, il parvient à faire entrer son lecteur dans un univers mêlant la féerie et la mythologie. Un an plus tard paraît *Nord*, la suite de *D'un château l'autre*. Revenant un peu en arrière par rapport au premier volume, Céline y raconte, à partir de son entrée en Allemagne, les trois étapes qui précèdent son arrivée à Sigmaringen : à Baden-Baden, dans un palace qui

Ci-dessus, une page du manuscrit et l'édition reliée par Paul Bonet de *D'un château l'autre* et l'édition originale de *Nord* chez Gallimard.

Après la guerre, Céline semblait préférer la compagnie des animaux à celle des hommes (page de gauche, avec ses chiens en 1956).

semble hors du temps, il attend l'autorisation de se rendre à Berlin ; dans la capitale du Reich, au milieu des ruines, il tient la chronique de la défaite annoncée ; à Zornhof enfin, un petit village dont les habitants deviennent les acteurs d'un mélodrame dans lequel l'excès de réalisme lui fait utiliser des noms réels qu'il faudra modifier après sa mort, à la suite d'un procès. Céline subit sa situation de réfugié mais se sert de son statut de témoin pour le raconter à sa manière. Il y introduit un nouveau personnage, son ami l'acteur Robert Le Vigan, qui l'accompagne, en lui donnant une dimension extrêmement pittoresque. Là encore, Céline se sert d'événements vécus qu'il amplifie constamment pour leur donner une dimension véritablement spectaculaire et romanesque. *Nord* rencontre le même succès que *D'un château l'autre* et fait moins l'objet de critiques comme si l'originalité de sa démarche était désormais reconnue. Ce succès conforte la nouvelle position de Céline, écrivain revenant d'un purgatoire auquel il avait sans doute partiellement consenti. Il travaille en outre à deux projets : une adaptation cinématographique de *Voyage* qui ne verra jamais le jour et son entrée dans la « Bibliothèque de la Pléiade ».

Alors qu'il n'aimait pas se laisser photographier, pour assurer la promotion de ses derniers livres, Céline ouvre sa porte aux photographes, à Meudon. Entouré de ses chiens, chats, oiseaux, il fait sensation.

Pour l'émission télévisée « Lectures pour tous », il donne une interview à Pierre Dumayet ; celle qu'il donnera à Louis Pauwels ne sera diffusée qu'après sa mort.

Le 30 juin 1961, Céline achève la deuxième version de *Rigodon* dont le manuscrit avait d'abord porté le nom de « Colin-maillard ». Le mot rigodon a deux sens : une danse et un « coup au but », double sens qui allie la danse et la guerre en donnant au récit sa dimension épique. Suite directe de *Nord*, qui ne sera publié qu'en 1969, on y accompagne Céline

Je crois qu'il va être temps de nous lier par un autre contrat - pour mon prochain roman "RIGODON"...

« Je divague, je vais vous perdre, mais c'est l'instinct que je ne sais pas si je finirai jamais ce livre... », écrit Céline quelques pages avant la fin de son dernier roman comme s'il sentait sa mort proche. « La vérité de ce monde, c'est la mort », avait-il noté dans *Voyage au bout de la nuit,* qu'il avait commencé en citant une chanson : « Notre vie est un voyage. » La veille de sa mort, il écrit à Gaston Gallimard, son éditeur, pour lui demander un contrat (ci-contre). Le 4 juillet, Claude Gallimard, Roger Nimier et Marcel Aymé (de gauche à droite) sont parmi les intimes venus lui rendre hommage.

Bien amicalement votre

Destouches

R*igodon*, le dernier roman de Céline, ne sera publié de manière posthume qu'en 1969.

de Zornhof à Sigmaringen puis jusqu'à la frontière du Danemark. Cette traversée d'un pays dévasté est l'occasion de descriptions apocalyptiques. Dans ces deux voyages, il transpose les événements qui ont marqué la fin de la guerre en Allemagne : l'exode des populations et les bombardements qui ponctuent les aventures du héros, Céline, lui-même.

Le 1er juillet 1961, à 18 heures, alors qu'il a demandé la veille à son éditeur de lui préparer un contrat pour ce nouveau livre, Céline succombe à une rupture d'anévrisme. Il est enterré en présence de quelques amis au cimetière de Meudon avant que la presse n'apprenne la nouvelle.

L'œuvre de Céline, si elle ne comprend qu'une dizaine de romans principaux, est plus vaste qu'il n'y paraît. À défaut d'inédits, qui vont en se raréfiant, on publie ses lettres, mais c'est à une redécouverte de ses chefs-d'œuvre que l'on est régulièrement conviés. En particulier, à côté de ses deux premiers romans – parmi les livres les plus vendus chaque année en format de poche –, ceux qu'il a écrits après la guerre, moins connus, marquent le véritable aboutissement de son style.

CHAPITRE 4

UNE ŒUVRE QUE L'ON N'EN FINIT PAS DE REDÉCOUVRIR

Le succès des œuvres de Céline s'explique en grande partie par la nouveauté du langage qu'il a introduit dans le roman contemporain. On ne peut le rattacher à aucun écrivain antérieur, mais on dira de beaucoup de ses successeurs qu'ils ont « fait du Céline ». Après lui pourtant, plus personne n'a pu autant renouveler le style. Pour tout ce qu'il a apporté, il est l'un des deux écrivains français – avec Marcel Proust dans un autre registre – à avoir marqué le XXe siècle de son empreinte. Partout étudiée, analysée, son œuvre nous appelle sans cesse à de nouvelles jubilations.

Le langage de Céline, sa «petite musique»

C'est Céline lui-même qui employa l'expression de « petite musique » pour qualifier son écriture : « une certaine petite musique introduite dans le style ». Depuis, on parle de cette « petite musique » dès qu'il s'agit de caractériser son style – alors qu'il avait surtout employé cette expression pour justifier son apport à la littérature. Dans ses derniers romans, en particulier, il considérait que l'histoire n'était qu'accessoire et que seul le style comptait. Ce style qu'il a beaucoup fait évoluer au fil du temps.

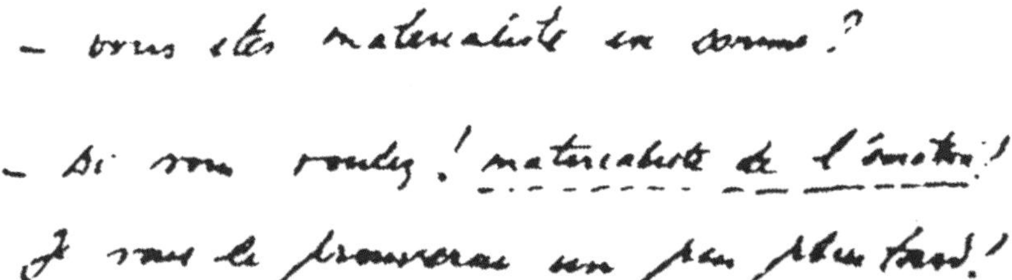
– vous êtes matérialiste en somme ?

– Si vous voulez ! matérialiste de l'émotion !

Je vous le prouverai un peu plus tard !

La langue de Céline dès ses premiers romans est d'abord une langue populaire. L'écrivain l'utilise pour faire parler le peuple lui-même et, en tant que narrateur, il s'exprime comme lui, en parvenant à ne pas paraître artificiel ou parodique. Grâce à elle, il ménage une proximité plus grande avec le lecteur. On a trop simplement retenu que Céline écrivait comme on parle, alors qu'il a lui-même expliqué qu'arriver à faire passer le langage parlé dans l'écriture n'était pas une facilité d'expression bien au contraire. « C'est transposé dans le domaine de la rêverie entre le vrai et le pas vrai, explique-t-il dans une interview avec Claude Sarraute, et le mot ainsi employé devient en même temps plus intime et plus exact que le mot tel qu'on l'emploie habituellement. On se fait son style. » Le but que vise Céline est de faire ressortir l'émotion tout au long de son récit, ce qu'il parvient à opérer grâce au langage, à la manière saccadée qu'il a de décrire les situations, imposant au lecteur son univers de façon à ce que celui-ci y adhère totalement : le « rendu émotif » comme il le qualifie dans *Entretiens avec le professeur Y*.

“l'émotion ne se laisse capter que dans le "parlé"... et reproduire à travers l'écrit, qu'au prix de peines, de mille patiences, qu'un con comme vous soupçonne même pas !... c'est net, hein ? c'est net ?... je vous expliquerai le truc plus tard ! déjà maintenant retenez au moins que l'émotion est chichiteuse, fuyeuse, qu'elle est d'essence : évanescente !...”

Entretiens avec le Professeur Y
(ci-contre trois versions successives du manuscrit montrant le travail de l'écrivain)

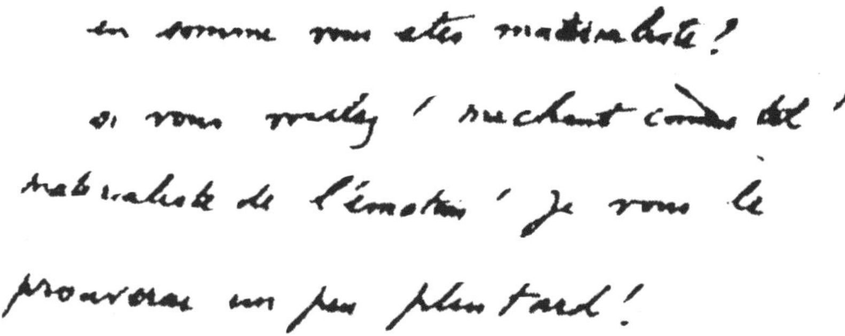
en somme vous êtes matérialiste ?
si vous voulez ! méchant comme tel !
matérialiste de l'émotion ! je vous le
prouverai un peu plus tard !

Quel que soit le roman de Céline que l'on ouvre, il suffit de quelques lignes pour y retrouver la même tonalité. Quand Ferdinand doit chercher du travail dans *Mort à crédit* : « J'avais beau être habillé extrêmement correct avec le col parfait carcan, tatanes toutes luisantes au chiffon, ma mère en réfléchissant comme ça dans l'arrière-boutique, ma mère elle a découvert que c'était pas encore le rêve…

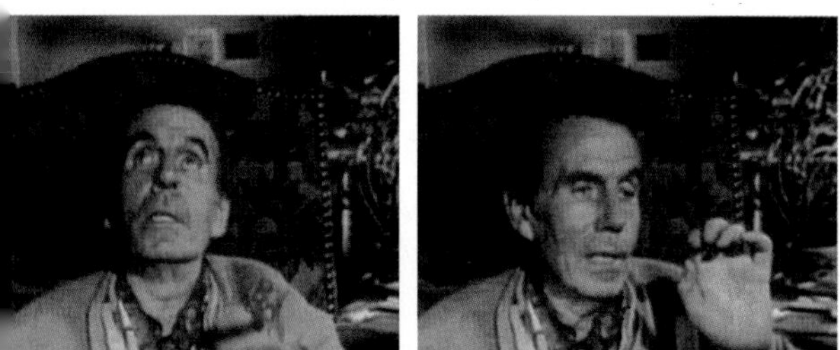

“J'ai cessé d'être écrivain, n'est-ce pas, pour devenir un chroniqueur. Alors j'ai mis ma peau sur la table, parce que, n'oubliez pas une chose, c'est que la grande inspiratrice, c'est la mort. Si vous ne mettez pas votre peau sur la table, vous n'avez rien. Il faut payer ! Ce qui est fait gratis est raté et même plus que raté. Alors, vous avez des écrivains gratuits. À l'heure actuelle, vous n'avez que des écrivains gratuits. Et ce qui est gratuit, pue le gratuit.”

À Louis Pauwels et André Brissaud, 1959 (ci-contre des images de l'interview pour la télévision)

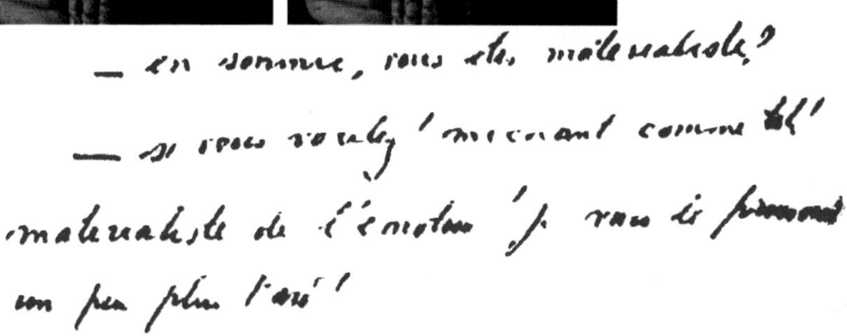
— en somme, vous êtes matérialiste ?
— si vous voulez ! méchant comme tel !
matérialiste de l'émotion ! je vous le prouverai
un peu plus tard !

Qu'il me manquait encore du sérieux, malgré ma montre, ma chaîne brunie… Je gardais des allures voyou en dépit de toutes les semonces… »

Dans *Nord*, quand il rencontre un pharmacien en Allemagne qui veut lui raconter une histoire : « Je vois qu'il veut nous la raconter… dans ces cas-là il faut s'asseoir, pas avoir l'air de s'en foutre… au vrai, je suis né si curieux que pour apprendre un petit quelque chose, une futilité, on me ferait grimper la tour Eiffel avec mes deux cannes… »

D'un texte à l'autre, d'un passage à l'autre, Céline joue avec des envolées contrôlées. Il a non seulement réintroduit l'argot dans la littérature, lui redonnant des lettres de noblesse – que d'autres après lui exploiteront –, mais il a aussi renouvelé la langue en en faisant un instrument de ses passions, et parfois de ses délires. Il utilise la répétition et fait un emploi immodéré de la ponctuation. On a beaucoup critiqué ses points de suspension, dont la fréquence augmente en effet au fil des romans, qui lui servent parfois à introduire des silences ou des respirations, mais il recourt tout aussi abusivement au point d'exclamation. À une époque où la tendance était à l'allongement infini de la phrase, Proust en étant l'exemple le plus marquant, Céline, lui, remet en cause cet ordre établi. Une phrase très courte et des répétitions produisent un rythme si proche du langage parlé qu'on se laisserait aller parfois à le dire plutôt qu'à le lire – véritable prosodie qui touche à la poésie.

Les ressources du langage ne sont cependant qu'une des facettes de cette écriture. Dans ses romans,

L'ARGOT

HAINE.

Céline (ci-dessus à Meudon en 1957) participe à un hommage à l'argotiste Fernand Trignol dans *Arts* en 1957 (ci-dessus) mais prend ses distances.

Je vacille…

un pas..

je

Dans *Féerie pour une autre fois* (extrait ci-contre), c'est l'emploi de la ponctuation qui est porté à son paroxysme.

EST NÉ DE LA N'EXISTE PLUS

Céline navigue perpétuellement entre la fiction et la réalité : il utilise la technique du narrateur pour créer une identification entre lui-même et ce qu'il raconte. Il ne se contente pas de se servir de ses expériences personnelles, il en fait les éléments d'une véritable épopée, accentuant la réalité pour la rendre souvent plus noire qu'elle n'est.

Céline, témoin de son temps

De la guerre de 1914 à la victoire de 1945 et jusqu'à son exil, Céline a utilisé sa vie mouvementée pour bâtir une œuvre romanesque sans équivalent, même si elle se limite à dix titres. Personnage de roman par sa vie, il devient l'un des principaux personnages de ses propres romans. Il reconnaîtra lui-même dans une interview à Louis-Albert Zbinden, journaliste à Radio-Lausanne : « Je me suis trouvé en des circonstances où par hasard la matière à décrire était intéressante. » Son vécu apporte ainsi toujours un sentiment de réalité, même s'il le déforme volontairement afin d'obtenir une dramatisation plus forte.

un autre...

Faisant allusion à sa blessure de guerre, il raconte dans *Féerie pour une autre fois* : « novembre 14... broum ! Je fus envolé par un obus, envolé ! soulevé !... un gros déjà ! un "107" ! en selle sur "Démolition"... ma jument de "serre-file" ! Sabre au clair ! nom de zef ! Je m'envolais ! voilà l'homme ! » Ainsi passe-t-on du récit au lyrisme.

me rattrape !...

“donc vous comprenez la promenade... distances ! Protocole !... pas question de bras-dessus bras-dessous !... très loin ! ... très loin les uns des autres !... le Maréchal, Chef de l'État, très en avant, et tout seul ! son chef d'État-Major Debeney, le manchot, trois pas en arrière, et à gauche... plus loin, un ministre... plus loin encore, un autre ministre... queue leu leu... séparés par au moins cent mètres... et puis les flics... la procession sur au moins trois kilomètres... on pourra dire tout ce qu'on voudra, je peux en parler à mon aise puisqu'il me détestait, Pétain fut notre dernier roi de France. « Philippe le Dernier »... la stature, la majesté, tout !... et il y croyait !... d'abord comme vainqueur de Verdun... puis à soixante-dix ans et mèche promu Souverain ! qui qui résisterait ?... raide comme ! « Oh, que vous incarnez la France, Monsieur le Maréchal ! » le coup d'« incarner » est magique !... on peut dire qu'aucun homme résiste !...”

D'un château l'autre

Mais quand Céline évoque la zone des combats pendant la guerre dans *Voyage au bout de la nuit*, c'est la gravité qui prime : « Chaque mètre d'ombre devant nous était une promesse nouvelle d'en finir et de crever, mais de quelle façon ? Il n'y avait guère d'imprévu dans cette histoire que l'uniforme de l'exécutant. Serait-ce un d'ici ? Ou bien un d'en face ? »

Céline fait ainsi appel dans tous ses récits à l'inconscient collectif ; les deux guerres, le colonialisme,

l'Amérique, l'exil, la peur de l'avenir, la mort sont des thèmes qui ont nourri tout le XXe siècle. Il évoque aussi bien les banlieues que les grandes villes, New York, Paris, Londres, Berlin. Il retrace des expériences comme l'adolescence, l'armée, la prison ou l'exil, qui ne laissent jamais indifférent.

L'émotion, le traitement souvent drôle en font le plus souvent des leçons éblouissantes. À Berlin, par exemple, il a vu la Chancellerie qu'il décrit dans Nord : « Eh bien, c'est ça leur Chancellerie ?... grand rectangle en pierres genre granit... mais bien plus triste que du granit, plus funèbre... pas étonnant ce qui s'y est passé !... en comparaison, le Panthéon, les Invalides, font amusants... tout ça sur une petite place de très chagrine sous-préfecture... »

Dans ses pamphlets, en revanche, même s'il fait souvent allusion à son propre vécu, et souvent avec la même langue, ce n'est pas un narrateur qui parle mais bien lui, directement, qui témoigne de ses inquiétudes et de sa colère contre le monde entier. Dans sa trilogie finale, sachant allier l'histoire et la réalité immédiate de sa propre vie à Meudon, on retrouve autant cette hargne que la volonté d'être lui-même et de suivre au fur et à mesure le déroulement de son écriture ; il devient ainsi le chroniqueur de son propre travail.

Les romans de Céline n'ont fait l'objet que de quelques éditions illustrées. Dans les années 1980, le dessinateur Tardi en donne une vision à la fois très personnelle

et si proche que l'on dirait une œuvre à deux voix. Après *Voyage au bout de la nuit* (page de gauche) puis *Mort à crédit* (ci-dessus), il a également illustré *Casse-pipe*.

La leçon des manuscrits

Depuis plus de trente ans, la recherche sur Céline ne cesse de s'enrichir. La connaissance de chaque roman apporte aussi à ceux qui le précèdent. L'étude de ses manuscrits ou de ses correspondances permet

de mieux comprendre le travail accompli par l'écrivain. Céline ne cessait de réécrire ses œuvres par pages entières pour trouver la meilleure façon d'exprimer ses émotions, et pouvait ne choisir le mot juste qu'au dernier stade de ses corrections. Les découvertes successives des manuscrits de ses grands romans ont passionné les chercheurs, qui ont pu établir des éditions commentées, et ont souvent intéressé le grand public qui découvre peu à peu la richesse de son écriture.

Ainsi la réapparition récente, au début de l'année 2001, du manuscrit de *Voyage au bout de la nuit*, après celle d'une version dactylographiée, en 1976, éclaire le travail de Céline parvenant, à force de corrections, à sa version définitive et confirme les hypothèses émises sur les versions successives du texte. Céline ayant sans doute porté ses derniers repentirs sur les épreuves du livre, qui n'ont malheureusement pas

de Dieu ! Et puis ceux qui ne voudront pas crever sur mer, ils pourront toujours aller crever sur terre où que c'est fait bien plus vite encore !

— C'EST tout à fait comme ça m'approuva Bardamu.

Et puis juste à ce moment-là devant le café où on était, voilà un régiment qui se met à passer, avec devant un colonel en tête sur son cheval, et qui avait l'air bien gentil.

— « J'VAIS VOIR si c'est comme ça ! » que je crie à Bardamu.

En 1987, l'édition d'*Une version initiale du premier chapitre de Voyage au bout de la nuit* (Paris, Balbec), illustrée de gravures originales de Thomas Gosebruch (ci-contre), proposait déjà l'édition comparée de l'état dactylographié corrigé de la main de Céline et de la version définitive du premier chapitre.

Depuis 1976, seule une version dactylographiée corrigée du manuscrit de *Voyage au bout de la nuit* était connue. On savait que Céline avait vendu le manuscrit pendant la guerre et qu'il avait disparu depuis. Sa réapparition et sa vente au début de l'année 2001 permettent de montrer que c'est sur la version dactylographiée que Céline a corrigé son texte pour en faire celui qu'il a jugé enfin publiable. Cette version correspond en effet à la transcription du manuscrit à propos duquel Jean-Pierre Dauphin écrivait en 1976 dans *Voyage au bout de la nuit de L.-F. Céline. Étude d'une illusion romanesque* : « l'étonnante nouveauté de style de *Voyage* [...] justifiera une publication du manuscrit qui fasse apparaître le premier état du texte et montre dans le détail les corrections, substitutions et additions par lesquelles Céline passe du texte dont il s'était d'abord satisfait à celui qu'il se décidera, sous réserve de multiples corrections, à faire imprimer ».
Pages suivantes : en regard des trois premières pages du manuscrit les trois premières pages de la dactylographie corrigée de la main de Céline.

été retrouvées, c'est l'ensemble des états successifs qui devront être publiés pour montrer l'évolution du texte : le manuscrit lui-même valant pour ses ratures et hésitations et la version dactylographiée pour les nombreuses corrections qui aboutiront à la version définitive.

Ainsi la fameuse première phrase de *Voyage au bout de la nuit*, « Ça a débuté comme ça », apparaît-elle dans le manuscrit sous la forme « Ça a commencé comme ça » ; et c'est seulement sur la dactylographie que Céline a rayé le mot « commencé » pour le remplacer par « débuté », premier exemple d'un travail qui a fait d'une phrase qui aurait pu rester assez banale l'un des plus célèbres débuts de roman du XXe siècle.

Ça a commencé comme ça. Moi, j'avais jamais rien dit. Rien.
C'est Bardamu qui m'a fait parler, c'était un médecin lui aussi,
un confrère. Il me rencontre Place Clichy. C'était après le
déjeuner. Il veut me parler. Je l'écoute. Restons pas dehors
qu'il me dit. Rentrons!. Je rentre avec lui. Voilà. Cette
terrasse, qu'il me dit encore, c'est pour les œufs à la coque!
Et puis il m'a fait remarquer qu'il n'y avait personne dans
les rues à cause de la chaleur, pas de voitures, personne
~~ni rien~~. Quand il fait très froid non plus il n'y a
personne dehors. C'est lui, je m'en souviens bien qui m'a
dit encore, à ce propos là : Les gens de Paris ont l'air occupés
toujours mais en vérité ils se promènent du matin au soir,
la preuve c'est que s'il ne fait pas bon à se promener,
trop froid ou trop chaud, on les voit plus. Ils sont
alors tous dedans à prendre des cafés crèmes ou des bocks
C'est comme ça! Siècle de vitesse! qu'ils disent tous. Où ça?
Grands changements! qu'ils racontent. Comment ça? Rien n'est
changé. Des mots et encore pas beaucoup même, dans les
mots qui sont changés, deux ou trois par ci, par là,
des petits. Le monde est à crever d'ennui tellement qu'il
est toujours pareil, y a pas à dire! Alors on s'est assis
à regarder les prostituées. Pourquoi sont elles assises
aussi puisque c'est leur derrière qu'elles veulent nous prêter?
C'est pas commode. Après on a parlé du Président
Fallières qui s'en allait inaugurer le matin là une
exposition de petits chiens et puis du "Temps" où c'était écrit

Ça a commencé comme ça. Moi, j'avais jamais rien dit. Rien. C'est Arthur Ganate qui m'a fait parler, c'était un étudiant lui aussi, un camarade. On se rencontre Place Clichy. C'était après le déjeuner. Il veut me parler. Je l'écoute. " Restons pas dehors " qu'il me dit. " Rentrons! " Je rentre avec lui. Voilà. " Cette terrasse, qu'il commence, c'est pour les oeufs à la coque! " Alors on remarque qu'il n'y avait personne dans les rues à cause de la chaleur, pas de voitures, personne, rien. Quand il fait très froid non plus il n'y a personne dans la rue. C'est lui, je m'en souviens bien, qui m'a dit à ce propos-là: " les gens de Paris ont l'air toujours occupés mais en fait ils se promènent du matin au soir, la preuve c'est que lorsqu'il ne fait pas bon à se promener, trop froid ou trop chaud, on les voit plus. Ils sont tous dedans à prendre des cafés crèmes et des bocks. C'est ainsi ça! Siècle de vitesse! qu'ils disent. Où ça? Grands changements! qu'ils racontent. Comment ça? Rien n'est changé. Ils s'admirent et c'est tout. Des mots, et encore pas beaucoup, même parmi les mots qui sont changés! Deux ou trois par ci par là, des petits. Le monde est à crever d'ennui tellement qu'il est toujours pareil! " Et puis ... on s'est assis à regarder les dames du café. Pourquoi sont-elles assises aussi puisque c'est leur derrière qu'elles veulent nous prêter? C'est pas commode. Après la conversation est revenue sur le Président Poincaré qui s'en allait inaugurer justement ce matin-là une exposition de petits chiens et puis du " Temps " où c'était écrit. " Tiens, voilà un maître-journal, le Temps! me taquine Arthur Ganate, à propos. Y en a pas deux comme lui pour défendre la Race française! Elle

Tiens voilà un maître-journal me dit Bardamu. y en
a pas deux comme lui pour défendre la race française!
Elle en a bien besoin vu qu'elle n'existe pas.
– Si donc! Il y en a une! ~~et~~ Et une belle que lui répondis
et même que c'est la plus belle du monde et bien
cocu qui s'en dédit!

– Alors Bardamu s'est mis en colère; Y en a pas!
Ce que t'appelles comme ça ~~k~~ c'est qu'un grand ramassis
de miteux dans ~~notre~~ mon genre, chassieux, puceux, transis,
qui sont arrivés ici chassés ~~depuis la Chine~~, par la ~~f~~
faim, la peste et les tumeurs et le froid, venus,
vaincus, des quatre coins du monde,
Ils ne pouvaient pas aller plus loin à cause de la
mer. C'est ça la France et les Français.
– Bardamu, je lui réponds, nos pères nous valaient bien
n'en dis pas de mal.
T'as raison Arthur, pour ça t'as raison. Haineux et dociles
violés, volés, étripés et couillons toujours ils nous valaient bien
Tu peux le dire, nous ne changeons pas, ni de chaussettes,
ni de maîtres, ni d'opinions ou bien si tard que ça n'en
vaut plus la peine. On est nés fidèles, on en crève, soldats
gratuits, héros pour tout le monde, singes parlants, mots
qui souffrent, on est les mignons du Roi Misère. C'est
lui qui nous possède. Quand on n'est pas sage, il
serre, on a ses doigts toujours autour du cou, ça gê

en a bien besoin vu qu'elle n'existe pas." j'ai répondu
pour montrer que j'étais documenté

- Si donc! Il y en a une! Et une belle, que lui répondis, et même que c'est la plus belle du monde et bien cocu qui s'en dédie!" et [illegible]. J'ai tenu ferme en cet endroit. C'est pas vrai!

Alors BARDAMU s'est mis en colère: "Y en a pas! Ce que t'appelles comme ça, c'est qu'un grand ramassis de miteux dans mon genre, chassieux, puceux, transis, qui sont arrivés ici chassés par la faim, la peste, les tumeurs et le froid, venus, vaincus, des quatre coins du monde. Ils ne pouvaient pas aller plus loin à cause de la mer. C'est ça la France et les français.

-BARDAMU, je lui réponds, nos pères nous valaient bien, n'en dis pas de mal!

- T'as raison, Arthur, pour ça t'as raison. Haineux et dociles, violés, volés, étripés et couillons toujours, ils nous valaient bien! Tu peux le dire! Nous ne changeons pas, ni de chaussettes, ni de maîtres, ni d'opinions, ou bien si tard, que ça n'en vaut plus la peine. On est nés fidèles, on en crève, soldats gratuits, héros pour tout le monde et singes parlants, mots qui souffrent, on est les mignons du Roi Misère. C'est lui qui nous possède. Quand on n'est pas sage, il serre, on a ses doigts toujours autour du cou, ça gêne pour parler, faut faire bien attention, si on veut manger. Pour un rien, il vous étrangle.

-Il y a l'amour, BARDAMU. Bardamu!

-Arthur, l'amour c'est l'infini mis à la portée des caniches. Et j'ai ma dignité! que je réponds [illegible]

-Parlons-en, toi, t'es un anarchiste et puis voilà tout!

Un petit malin vous voyez ça et tout ce qu'il y a d'avancé dans ses opinions pour parler, faut faire bien attention si on veut manger. Pour un rien, il vous étrangle.

- Il y a l'amour Bardamu

- Arthur, l'amour c'est l'infini mis à la portée des caniches - J'ai ma dignité!

- Parlons en, toi, t'es un anarchiste et puis voilà tout!

- Tu l'as dit, bouffi! et la preuve c'est que j'ai composé une manière de prière vengeresse et sociale dont tu vas me dire des nouvelles: Les Ailes en Or, c'est le titre-

Un Dieu qui compte les minutes et les sous, un Dieu désespéré, sensuel et grognon comme un cochon. Un cochon avec des ailes en or, qui retombe partout, le ventre en l'air, prêt aux caresses, c'est lui, c'est notre maître, Embrassons nous!

- Ton petit morceau, ne tient pas devant la vie, j'en suis pour l'ordre établi et je n'aime pas la politique

- Tant pis pour toi Arthur!

- Et j'ajoutais pour ma part que le jour où la Patrie me demandera de verser mon sang pour

- Tu l'as dit, bouffi! et la preuve c'est que j'ai composé une manière de prière vengeresse et sociale dont tu vas me dire des nouvelles: LES AILES EN OR, c'est le titre.

"Un Dieu qui compte les minutes et les sous, un Dieu désespéré, sensuel et grognon comme un cochon. Un cochon avec des ailes en or, qui retombe partout, le ventre en l'air, prêt aux caresses, c'est lui, c'est notre maître, Embrassons-nous!"

- Ton petit morceau, ne tient pas devant la vie, j'en suis pour l'ordre établi et je n'aime pas la politique.

- Tant pis pour toi, Arthur! fanatique! Et d'ailleurs

~~Et j'ajoutais que pour ma part~~ le jour où la Patrie me demandrait de verser mon sang pour elle, ~~serait un grand jour~~, elle me trouverait moi bien sûr, et à la douce ~~que, prêt à le verser, et largement, et jusqu'à sa dernière goutte.- Au café, comme ça, j'étais en ce temps-là volontiers héroïque. L'héroïsme aux lumières, quand il y a des femmes autour, en salade, c'est facile. C'est quand il n'y a personne que ça devient presque impossible. Moi j'ai dans l'idée qu'en 93, les nobles auraient demandé pardon souvent, s'il n'y avait pas eu le public. Je dois dire que BARDAMU était de cet avis là aussi. - Mais~~

Justement la guerre approchait sans qu'on s'en rende compte et je n'avais plus la tête très solide, ~~je m'en rends compte à présent~~.- Cette brève mais vivace discussion m'avait fatigué en somme. Et puis j'étais ému aussi parce que le garçon m'avait ~~le garçon m'a~~ un peu traité de sordide à cause du pourboire. Enfin ~~on est parti. - En sortant j'étais~~ nous nous ~~tout à fait~~ reconciliâmes avec ~~BARDAMU~~ Arthur tout à fait, on était du même avis sur presque tout. " - C'est vrai, t'as raison, que je lui ai dit, mais on est tous assis sur une grande galère, on rame, à tour

Céline spectacle

Céline n'a guère eu de chance ni avec les œuvres écrites pour la scène ni avec les projets d'adaptation de ses romans. Son unique pièce de théâtre, *L'Église*, écrite en 1926-1927, avant *Voyage au bout de la nuit*, mais publiée seulement après son succès, n'a pas vraiment séduit. Lancée avec un argument publicitaire provocant : « La pièce qu'aucun théâtre n'ose monter », elle ne convainc pas la critique et ne sera jouée pour la première fois, et pour une seule représentation, que le 2 décembre 1936 au Théâtre des Célestins à Lyon par une troupe d'amateurs. Après avoir été reprise à Rome en 1967, il faudra attendre 1973 pour qu'elle soit représentée à Paris au Théâtre de la Plaine puis au Théâtre des Mathurins ; elle sera

En dehors de *L'Église* (ci-dessus, première représentation à Lyon en 1936), Céline ne sera joué au théâtre que dans les adaptations de ses romans (ci-dessous).

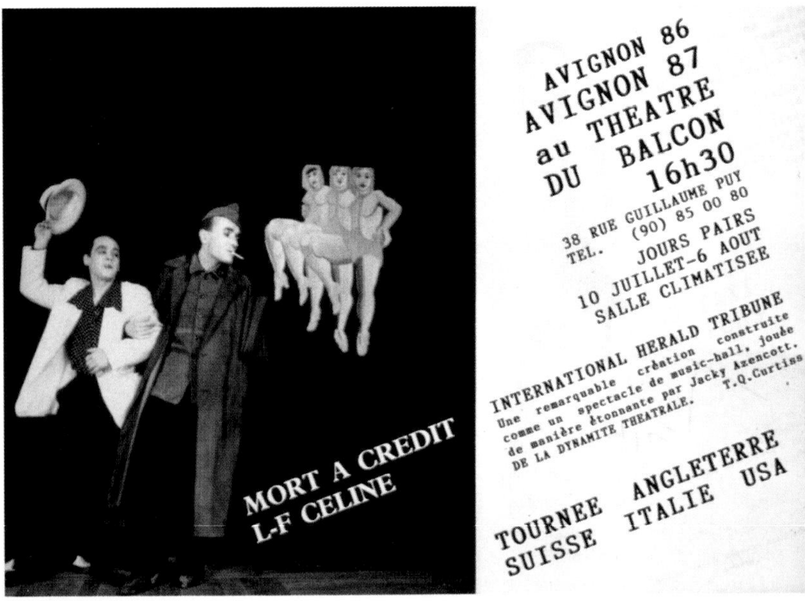

également diffusée sur la troisième chaîne de télévision. Évoquant à la fois le colonialisme, New York, la Société des Nations et la banlieue, elle se nourrit déjà des expériences de son auteur, mais n'a incontestablement pas la puissance que Céline saura donner à ses romans. Elle intéresse aujourd'hui plus pour la connaissance de l'univers célinien qu'elle esquisse, alors qu'il s'épanouira dans *Voyage au bout de la nuit*, que par ses qualités dramatiques. En septembre 1927, il écrit une seconde pièce, *Progrès*, qui ne sera publiée qu'en 1978.

Céline n'a pas été plus heureux avec ses arguments de ballets. Entre 1935 et 1937, il en écrit trois, qu'il propose sans succès à des directeurs de théâtre et qu'il finit par publier dans *Bagatelles pour un massacre*: *La Naissance d'une fée* évoque la jalousie d'une femme envers une danseuse rivale; dans *Voyou Paul. Brave Virginie*, Céline donne une nouvelle fin au roman de Bernardin de Saint-Pierre (Paul est envoûté par une sorcière, mais pour Virginie l'histoire se termine aussi mal); *Van Bagaden* est un armateur entouré par des danseuses-parfumeuses. Puis il s'attaque à un premier synopsis de film : « Secrets dans l'île » a pour cadre une île bretonne et pour thème la jalousie ; puis il écrit *Scandale aux Abysses*, qui devait paraître en 1944 et qui ne sera publié qu'en 1950 – ballet qu'il qualifie d'« argument de dessin animé », dans lequel il marie le dieu Neptune à sa nièce Vénus ; enfin *Arletty, jeune fille dauphinoise*, exhumé seulement en 1983, met en scène son amie comédienne (de l'Amérique au harem d'un maharadjah en Inde pour finir dans une boîte de nuit à Montrouge).

Passionné par le cinéma, Céline aurait voulu que ses romans soient adaptés mais, comme pour beaucoup de grandes œuvres, si des réalisateurs ont souvent été tentés, aucun n'est jamais allé

« Neptune ne trouve plus dans l'exercice de son décadent et fastidieux pouvoir qu'une petite compensation… une petite compensation… une petite consolation… une seule… le Corps de ballet des sirènes… Vénus s'apprête justement à donner pour fêter leur 1500e anniversaire de mariage une très grande fête sous-nautique à laquelle participera le Corps de ballet. Tous les poissons des océans assistent à cette fête… Fête aux Abysses… Danses des sirènes… Neptune a voué un intérêt tout particulier à l'une des plus charmantes sirènes du ballet… la toute ravissante et menue Pryntyl… toute espiègle et mutine… étoile du ballet des Ondes… Pendant le spectacle, entre deux actes du ballet… Neptune […] retrouve la mignonne Pryntyl derrière un buisson d'algues… lui adresse de vifs reproches… pour sa froideur… sa cruauté envers son bon pépé Neptune… »

Scandale aux Abysses
(ci-contre illustration de Céline à propos du ballet)

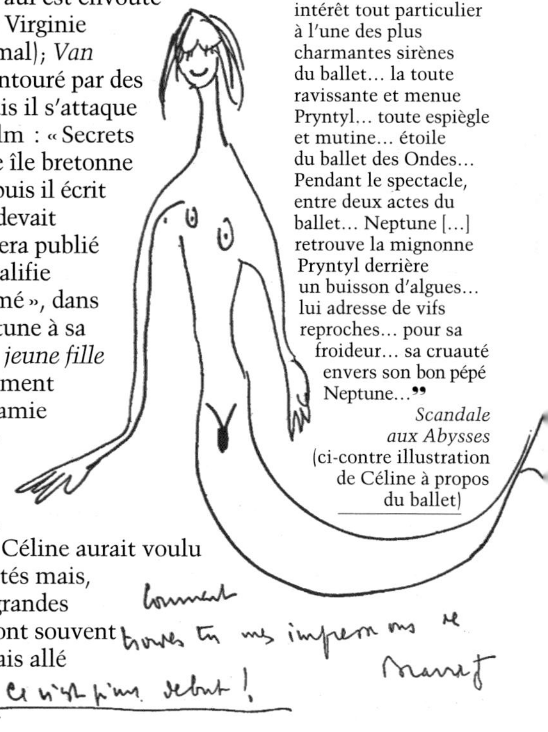

jusqu'au bout. Dès le mois de mars 1933, Denoël avait accordé une option à Abel Gance pour l'adaptation de *Voyage au bout de la nuit*, puis Jacques Deval et Julien Duvivier s'y étaient intéressés. Plus tard ce seront Michel Audiard et Jean-Luc Godard, mais tous renonceront devant la difficulté de l'adaptation : si un scénario peut en être tiré, rendre la langue est un exercice beaucoup plus difficile à surmonter.

Céline en scène

C'est peut-être pour cette raison que des adaptations scéniques, plus faciles à réaliser puisqu'elles ne reposent que sur le seul texte, ont été régulièrement faites depuis la mort de Céline à partir le plus souvent d'extraits des romans. En 1968, Yves-Robert Viala propose au Centre Américain de Paris un montage de textes sous le titre *Vers Céline et la nuit*. En 1979, au Lucernaire, c'est Stéphane Varègues qui chante *Une heure avec L.-F. Céline* utilisant essentiellement *Voyage au bout de la nuit* et *Guignol's Band* et, la même année, Daniel Peeters à Bruxelles dit des extraits de la trilogie finale. Pierre Marcabru dans *Le Figaro* écrit : « Cette écriture tremblée, sans cesse reprise, est faite pour la bouche qui en rend les silences et les pointillés. » Puis ce seront Pierre Lafont, Yves Pignot, Jackie Azencott...

Deux grands comédiens ont surtout retenu l'attention par leur interprétation de Céline : Jean Rougerie et Fabrice Luchini. Le premier monte en 1975 les *Entretiens avec le professeur Y*, ce texte moins connu de Céline dans lequel il parle surtout de lui et de son art poétique. Il connaît un tel succès qu'il le reprendra en 1976 et en 1981 sous le titre *Interviouve* puis à nouveau en 1986. Fabrice Luchini, quant à lui,

Si le cinéma n'a pas réussi à Céline malgré les tentatives de nombreux réalisateurs (ci-dessous avec Abel Gance dans les années trente), l'œuvre a connu des adaptations emblématiques : celles de Jean Rougerie (en bas) en Céline dans son adaptation théâtrale d'*Entretiens avec le professeur Y* en 1975, avec Jean Sauday dans le rôle du professeur Y ; celles de Fabrice Luchini au théâtre de la Gaité-Montparnasse dans *Voyage au bout de la nuit*, en 1997 et, tout récemment, en 2001, dans *L'Arrivée à New York*.

utilise dans ses spectacles essentiellement des extraits des deux premiers romans. Du premier, en 1986, sous le titre *Voyage au bout de la nuit*, centré sur la médecine de banlieue, au plus récent en 2001, *L'Arrivée à New York*, Luchini donne vie au texte imprimé – ce qui fit écrire à Jacques Julliard dans *Le Nouvel Observateur* : « L'art de l'interprète est de faire monter à la lumière les inflexions les plus intérieures du récit, et par là de dévoiler, en même temps qu'une extraordinaire musique des mots, l'âme profonde de l'écrivain, étrangère à ce que fut dans sa vie cet homme méprisable, une âme de dérision douloureuse et de pitié. »

À Jean Guénot qui l'interrogeait sur l'enregistrement de ses textes, Céline raconta cette expérience qui l'avait troublé : « J'entends quelqu'un qui lit... Alors, je m'assois un petit peu... Et puis, je trouvais ça très bon... Je demande ce que c'était... On me dit : c'est le *Voyage au bout de la nuit*... Et moi, je trouvais ça très bon... Mais je savais pas... Je savais pas du tout... C'était la surprise... Et je me disais : c'est fameux !... Oh, que c'est bon !... Effectivement, on pouvait pas trouver meilleur... Et alors !... Comme quoi, le narcissisme est loin, hein !... Une autre fois, j'ai entendu Simon... Non, vous voyez, les acteurs savent trouver... »

L'ermite de Meudon, comme il a pu être qualifié, a jusqu'au bout conservé toute sa gouaille et attiré journalistes et photographes. Pages ci-après : à Meudon par François Gragnon et à Grosrouvre chez Marcel Aymé par Izis.

TÉMOIGNAGES ET DOCUMENTS

De grace surtout n'ajoutez pas une syllabe au texte sans me prevenir !

Voyage au bout de la nuit : pour ou contre ?

L'examen des critiques de Voyage au bout de la nuit *montre, dès sa parution, les positions contradictoires qui caractérisent la réception d'une œuvre novatrice. Plutôt que favorables ou défavorables, elles témoignent du trouble certain que sa lecture a engendré chez leurs auteurs, eux-mêmes souvent écrivains. Un roman provocant, inclassable qui, encore aujourd'hui, ne laisse personne indifférent.*

Un « roman des gueux »

Cet énorme roman est une œuvre considérable, d'une force et d'une ampleur à laquelle ne nous habituent pas les nains si bien frisés de la littérature bourgeoise. Mille réserves s'imposent qui ne peuvent pas nous empêcher d'accueillir autrement que les romans bien propres, bien idéalistes, les romans des petits chiens savants. *Voyage au bout de la nuit* est un roman picaresque, ce n'est pas un roman révolutionnaire, mais un roman des « gueux », comme le fameux Lazarille des Tormes dont il rappelle parfois la bassesse et l'accent. Un médecin assez ignoble lui-même, raconte ses explorations dans les divers mondes de la misère ; il y a là des tableaux de la guerre, des colonies africaines, de l'Amérique, des banlieues pauvres de Paris, des maladies et de la mort dont on ne peut oublier les traits. Une révolte haineuse, une colère, une dénonciation qui abattent les fantômes les plus illustres : les officiers, les savants, les blancs des colonies, les petits-bourgeois, les caricatures de l'amour. Il n'y a rien au monde que la bassesse, la pourriture, la marche vers la mort, avec quelques pauvres divertissements : les fêtes populaires, les bordels, l'onanisme. Céline ne voit dans ce roman du désespoir d'autre issue que la mort : à peine devine-t-on les premières lueurs d'un espoir qui peut grandir. Céline n'est pas parmi nous : impossible d'accepter sa profonde anarchie, son mépris, sa répulsion générale qui n'exceptent point le prolétariat. Cette révolte pure peut le mener n'importe où : parmi nous, contre nous, ou nulle part. Il lui manque la révolution, l'explication vraie des misères qu'il dénonce, des cancers qu'il dénude, et l'espoir précis qui nous porte avant. Mais nous reconnaissons son tableau sinistre du monde : il arrache tous les masques, tous les camouflages, il abat les décors des illusions, il accroît la conscience de la déchéance actuelle de l'homme. Nous verrons bien où ira cet homme qui n'est dupe de rien. La langue littéraire de Céline est une transposition assez extraordinaire du langage populaire parlé : mais il devient artificiel vers la fin : c'est que le livre a deux cents pages de trop. Céline ne s'arrête pas au moment où il a tout dit.

Paul Nizan,
dans *L'Humanité*, 9 décembre 1932

Une peinture vraie

[…] Pour moi, j'ai un devoir à remplir, non pas certes envers Céline qui me paraît capable de faire face tout seul à n'importe quelle conjoncture, mais envers un public que risque de prendre au dépourvu un livre dont aucun homme sensé recommandera la lecture à sa femme, et moins encore à sa fille. Nous dirons un autre jour, ou nous laisserons à de plus qualifiés que nous le soin de dire ce que l'artiste peut penser d'une œuvre extraordinaire, comparable au déroulement du flot dans la nuit noire, lorsque paraît et disparaît sans cesse, à chaque palpitation simultanée du vent et de la mer, la frange livide de l'écume. Que ce grand mouvement de poésie passe ou non inaperçu de mes contemporains, cela ne m'importe guère, non plus, je suppose, qu'à M. Céline. J'essaie simplement de calculer sa puissance et sa portée, déjà mesurables d'ailleurs à certain grondement souterrain et à l'ébranlement de plusieurs gloires usurpées.

M. Céline scandalise. À ceci, rien à dire, puisque Dieu l'a visiblement fait pour ça. Car il y a scandale et scandale. Le plus redoutable de tous, celui qui coûte encore le plus de sang et de larmes à notre espèce, c'est de lui masquer sa misère. Jamais cette misère n'a été plus pressante, plus efficace, plus savamment homicide, avec un tel caractère de diabolique nécessité, mais jamais aussi elle ne fut à ce point méconnue. […]

Pour nous la question n'est pas de savoir si la peinture de M. Céline est atroce, nous demandons si elle est vraie. Elle l'est. Et plus vrai encore que la peinture ce langage inouï, comble du naturel et de l'artifice, inventé, créé de toutes pièces à l'exemple de celui de la tragédie, aussi loin que possible d'une reproduction servile du langage des misérables, mais fait justement pour exprimer ce que le langage des misérables ne saura jamais exprimer, leur âme puérile et sombre, la sombre enfance des misérables. Oui, telle est la part maudite, la part honteuse, la part réprouvée de notre peuple. Et certes, nous conviendrons volontiers qu'il est des images plus rassurantes de la société moderne, et par exemple l'image militaire : à droite les Bons Pauvres, gratifiés d'un galon de premier soldat, de l'autre côté les Mauvais, qu'on fourre au bloc... Seulement n'importe quel vieux prêtre de la Zone, auquel il arrive de confesser parfois les héros de M. Céline, vous dira que M. Céline a raison. […]

Georges Bernanos,
« Au bout de la nuit »,
dans *Le Figaro*, 13 décembre 1932

Bardamu, un fils de Panurge

Voici un livre étonnant, appartenant beaucoup plus, par sa facture, sa liberté, sa hardiesse truculente au XVIe siècle qu'au XXe, que d'aucuns trouveront révoltant, insoutenable, atroce, qui en enthousiasmera d'autres et qui, sous le débraillé apparent du style, cache une connaissance approfondie de la langue française, dans sa branche mâle et débridée. À vrai dire, il y avait fort longtemps qu'on n'avait entendu retentir pareils accents, nos lettres, sinon nos auteurs étant, depuis quelque trente ans, pas mal édulcorées et féminisées. La vogue inouïe de Marcel Proust avait incliné vers l'introspection et l'autoanalyse – dérivation du « culte du moi » barrésien – un très grand nombre de ceux qui tiennent une plume en France, Angleterre, Italie et Allemagne. […] De là une certaine fatigue dont M. Céline (pseudonyme du docteur

Destouches) va libérer sa génération. Car le livre ira, au point de la vente […] très loin. On l'a beaucoup discuté, on le discute, on le discutera longtemps. Il sera d'une traduction aussi difficile que peut l'être *Pantagruel*, dont il dérive directement. C'est pour moi une supériorité qu'un ouvrage ne puisse être traduit. C'est qu'il est de source jaillissante dans la langue où il est écrit. […] Le titre du livre, *Voyage au bout de la nuit*, vous indique de quoi il retourne : la nuit, c'est le bas-fond de l'être humain ce marais des instincts troubles, où barbotent, autour de la peur, viscosité centrale, les grenouilles, têtards et serpents d'eau de la basse concupiscence, de l'envie, de la cupidité, du vol et, finalement du meurtre. Il y a, chez Rabelais, un personnage de cette sorte de voyage, ou de traversée : c'est Panurge, le couard, le vantard, le crapuleux, le truffeur, qui va de l'un à l'autre, crève de peur pendant la tempête, devient insolent à l'éclaircie, que tous bousculent, mais qui fait rire tout le monde par ses saillies ordurières et son cynisme. Le Bardamu du *Voyage au bout de la nuit* est incontestablement un fils de Panurge, soit dans la guerre où, froussard chronique, godailleur, blasphémateur et foireux, il arbore un vocabulaire héroïque et prend des attitudes magnanimes, soit dans la paix et le gain difficile du pain quotidien, de la « croûte » et de la barbaque. Ce Bardamu est une fiction tirée du réel, qui n'a point d'autre rapport avec l'auteur […] que l'imagination de celui-ci. Les assimiler l'un l'autre, comme le font quelques critiques imbéciles, c'est assimiler Shakespeare à Falstaff, c'est le rendre responsable du crime de Macbeth, c'est accuser Sophocle d'inceste à cause d'*Œdipe-Roi*, c'est identifier Molière à Tartufe. […]

L'auteur nous prévient que les traversées et voyages de son Bardamu sont imaginaires. Or, je n'ai pas visité les États-Unis, mais j'ai bien lu, depuis dix ans, une soixantaine de volumes, graves ou badins, aimables ou féroces, les concernant, notamment ceux de André Siegfried, Lucien Romier, André Levinson et Duhamel, sans compter les récits étourdissants sur les gangsters, bootleggers et autres, dont tient la tête le reportage fameux de Géo London. Tout cela n'est que bergerie à côté de la description, hallucinatoirement véridique, de New York par le Panurge du *Voyage au bout de la nuit*. La rumeur perpendiculaire de l'immense cité aux ascenseurs innombrables, le stationnement des belles filles dans le vestibule des palaces, le coudoiement, glacé ou bruyant, des milliardaires et des crève-la-faim, des faux milliardaires et des vrais crève-la-faim, le vrombissement continu des métros, les policemen, les automobiles, la hâte pour rien, la charité mécanique, l'idéalisme standardisé, la rage antinègre, le pistolet automatique accompagnant le stylo dans la poche, la confusion babélique des langages et dialectes, la verticalité de tous les plans, le cubisme caricatural de la vie, voilà ce que nous peint ce veau tragico-bouffon de Bardamu, avec une verve jamais essoufflée. […]

N'oublions pas que, comme *Pantagruel*, ce livre est celui d'un médecin et d'un médecin de la banlieue de Paris, où passe et souffle toute la clinique de la rue, de l'atelier, du taudis, de l'usine, du ruisseau. Ceux fini n'ont pas fréquenté les hôpitaux, étudiants, surveillantes, infirmières, infirmiers, ne connaissent pas les abîmes, physiques et moraux, de la misère, de la gêne, de la prostitution, et aussi de l'honneur, de la dignité, assaillis par le manque d'argent, le froid, la gésine, le chômage, tous les malheurs, tous les désordres des gens « pauvres et nus », comme dit Baudelaire.

[…] Il faut avoir mariné là-dedans, comme l'a fait le docteur « Céline »-Destouches, pour concevoir à la fois tant d'horreur, de désolation et de pitié. […]

Il me reste à parler du style de *Voyage au bout de la nuit*. Ce livre n'est pas écrit en argot, comme *Ceux du trimard*, le chef-d'œuvre de Marc Stéphane, que j'ai naguère analysé ici. Il est écrit en bagout parisien, langue à part, vadrouillarde en ses apparences, et savante en ses profondeurs, dont les origines se perdent au-delà de Villon et du parler de la Coquille. C'est un dialecte qui a roulé, au cours des âges, dans « les plis sinueux » de la vieille capitale, enrichi, ici, par les apports lyonnais, ou gascons, ou flamands, là, par les cocasseries des prisons, bagnes, compagnies de discipline et autres.

Les inversions latines y abondent. On y trouve des composés de forme grecque, des salmigondis demeurés syntaxiques, du rire franc et de la pestilence. On y découvre aussi des nuances singulières, et qui ravissent le connaisseur. Il y faudrait parfois l'accent traînard et négligent, pince-sans-rire, des faubourgs de Paris, dont mon oreille est aussi friande que des éclatantes interjections ou des crapuleuses douceurs de Marseille. On connaît, dans l'antiquité, un ouvrage analogue : le *Satyricon* de Pétrone. Mais le *Satyricon* est traversé de lueurs lyriques, dont abonde *Pantagruel*, et dont le docteur Céline-Destouches a cru, à tort, devoir se priver. Le genre « dégueulasse », qui est celui de Bardamu, comporte des cimes, des planements, des sollicitudes magnanimes dont le maître égoutier ne doit pas se priver, dont Rabelais, Cervantès ni Swift ne se sont privés. Le trivial complet sollicite l'envergure, pareil à ces oiseaux charognards qui montent en battant fort des ailes brenneuses, dans la sphère rayonnante de midi. Le mot souverain du réalisme lyrique, c'est fange dorée, et il n'est nullement douteux que *Voyage au bout de la nuit* aura des imitateurs et peut-être, espérons-le, des transmutateurs entre la charogne et l'azur. […]

Léon Daudet, dans *Candide*,
22 décembre 1932

« Le livre du monde de l'auteur »

Il y a longtemps qu'on n'a pas parlé d'un livre autant que du *Voyage au bout de la nuit*. J'entends parlé au sens propre. Il ne s'agit pas des articles des critiques, il s'agit des conversations de dîners, de thés, de vacances, de rencontres. Dans le déjeuner d'affaires ou dans le jeudi académique autour du tapis vert, il est rare qu'il n'y ait pas les trois minutes de Céline. Trois minutes seulement. Le livre ne prête guère à de longues discussions. On est pour ou on est contre. Il dégoûte ou il enthousiasme. Quand on a échangé à son propos dix phrases, d'ailleurs véhémentes, on est au bout des impressions et des arguments. En vérité, je crois qu'il a beaucoup plus d'ennemis que d'amis. Mais l'essentiel me paraît que même les ennemis, qui ne lui reconnaissent pas la qualité de bon livre, lui reconnaissent celle du livre dont on doit parler, dont il est naturel qu'on parle : ce qui n'est nullement le cas du roman qui a obtenu le prix Goncourt, en qui la critique a reconnu presque à l'unanimité un excellent roman, et qu'on lira peut-être jusqu'au bout plus souvent que celui de Céline, mais qui n'est pas un D.O.P. « dont on parle ». Pourquoi ? Et quelles qualités méritent à un roman le D.O.P., mystérieux ?

On fera d'abord une réponse facile, trop facile. Nous avons connu deux D.O.P., *La Garçonne* et *L'Amant de lady Chatterley*, qui ont conquis ce grade en raison de certaines audaces sexuelles. N'est-ce pas le cas du *Voyage au bout de la nuit* ? M. Roland Dorgelès n'a-t-il pas déclaré qu'il avait été impossible de lui donner le prix Goncourt à cause d'un certain nombre d'obscénités dont il a pris soin de faire un florilège et qu'il a mis un de nos confrères au défi de publier, défi d'ailleurs relevé ?

Ce ne serait exact qu'en petite partie. Au contraire de *La Garçonne* et de *L'Amant de lady Chatterley*, le *Voyage* ne contient à peu près rien de sensuel ni de sexuel. L'obscénité n'est que dans le vocabulaire. Des actes naturels ou sexuels sont désignés par le mot propre, étymologique, venu du latin, celui qu'employaient déjà les soldats de César, et qui, dans le vocabulaire populaire ne comporte pas plus de dépravation (en comporterait plutôt moins ?), que les périphrases ou les allusions en usage dans la meilleure société.

Le D.O.P. provient-il de ce qu'il y a, dans le *Voyage*, des personnages vivants, hallucinants, créés, que l'auteur aurait mis au jour ? S'agit-il d'une concurrence à l'état civil, qui imposerait Bardamu [...] comme Proust a imposé M. de Charlus ? Nullement. Ni Bardamu ni Robinson, les deux principaux personnages, ne sont des personnages dont on parle, ni même à qui on confère la moindre existence. Le livre manque d'hommes, et plus encore de femmes. Aussi trouve-t-il plus de lecteurs que de lectrices.

Enfin se défend-il par l'originalité et la puissance du style ? Encore moins. Les critiques qui ont été les plus chauds partisans du *Voyage* ont tous fait des réserves sur ce faux style populaire, manifestement fabriqué, truqué, et que l'auteur, qui est docteur en médecine dans un dispensaire populaire, s'essaye à parler du dehors.

Alors ? Alors, le livre n'en existe pas moins, et solidement, et puissamment, et rien n'est plus normal que son succès. Il n'a qu'une qualité, comme le chat n'avait qu'un tour dans son répertoire, mais cette qualité suffit. C'est qu'il met au jour un monde original. Le titre *Voyage au bout de la nuit* est un titre excellent, qui indique tout le contenu : le voyage dans un monde qui ne ressemble à aucun autre monde de la littérature. Ni personnages du roman ni style de l'auteur n'existent très fort. Mais ce livre est le livre du monde de l'auteur. Et ce monde de l'auteur existe.

[...] *Le Voyage* fait partie de l'expansion coloniale de la littérature. Il répond dans la littérature à cette fonction : annexer de nouvelles terres. [...] Il s'efforce de rendre littéraire quelque chose qui ne l'était pas avant lui. C'est ainsi que le roman a toujours progressé et qu'il a étendu son empire.

Albert Thibaudet,
« De Magny à Drouant »,
dans *La Dépêche*, 24 janvier 1933

À force de verve, à force de couleur

Le livre de M. Louis-Ferdinand Céline couvre [...] six cents pages ; tant de grossièretés et d'obscénités le déparent qu'on ne peut en parler qu'avec précaution. Imaginez une espèce d'autobiographie frénétique et truculente, qui tour à tour évoque M. Blaise Cendrars, M. Aragon ou Laurent Tailhade. Le talent de l'auteur est incontestable ; son imitation de la langue parlée brille par un naturel et une fécondité rares. Les premiers chapitres, quoique d'une violence si continue que les effets s'en perdent, ont de la tenue. Le ton dégénère ensuite, et la littérature envahit peu à peu le style. Le héros, d'abord à la guerre, puis étudiant, puis colonial, enfin médecin de banlieue, semble voir l'existence à travers d'étranges lunettes. Il est doué pour la satire. Mais il trouve moyen d'être bien fastidieux à force de verve, et bien gris à force de couleur...

André Thérive, dans *Le Temps*, 24 novembre 1932

Un plat écœurant, une satiété nauséeuse

M. Mazeline a écrit un roman de poids : six cent vingt-deux pages imprimées menu. Ça lui a valu le prix Goncourt. Un livre qui a six cent vingt-trois pages de long a été produit par M. Céline. M. Céline a dû s'arranger de l'accessit Théophraste Renaudot.

Six cents pages ! On se sent dès l'abord accablé. Et l'on soupçonne que les éditeurs qui s'entre-décernent le prix Goncourt ont des raisons que la littérature ne connaît pas pour aimer mieux mettre en vente six cents pages plutôt de trois cents. Mais le lecteur, qui n'a pas le sens commercial, boude nettement le Goncourt cette année et rechigne au Renaudot. Pourtant, il faut être équitable : le Mazeline assomme mieux. Et plus longtemps. Et avec plus d'application et plus continûment. […]

M. Céline, toutefois, sans être court ni plaisant, a quelques clients pour son *Voyage au bout de la nuit*. Les libraires, assure-t-on, vendent deux Renaudot pour un Goncourt. Cependant, le Goncourt est au rabais : on l'a vendu d'abord vingt francs, on le vend maintenant quinze. La concurrence est l'âme du commerce. Mais le Renaudot trouve preneurs à vingt-cinq francs. Le motif de cette relative faveur est clair : c'est *Voyages au bout de l'Ennui* que devrait avoir pour titre, honnêtement, l'ouvrage de M. Mazeline au lieu de *Les Loups*. D'ailleurs, on ne voit point de loups dans son roman. Mais M. Céline aurait eu bien plus de raisons, et fortes, d'intituler le sien *Les Cochons* : on n'y voit qu'eux. Aussi le faubourg Saint-Germain l'achète et tout ce que Paris compte de « bien parisien ». Cela fait déjà un peu de monde et du meilleur.

C'est que certain critique qui se tient pour rabelaisien a comparé publiquement ce Renaudot-ci à François Rabelais, et l'on sait qu'en ces matières ce critique-là est caution bourgeoise et mondaine à la fois. L'an dernier déjà il avait découvert un néo-Rabelais chez les Anglais, en la personne d'un certain Lawrence, auteur étonnant de *L'Amant de lady Chatterley*. Ce dit Lawrence l'avait enthousiasmé en appelant par leur nom de corps de garde les organes de la reproduction. […] À peu près la même morne indécence, mais compliquée d'une sorte d'obsession scatologique, est en train d'attirer des amateurs au *Voyage au bout de la nuit*. Les gens du monde, les collégiens et les nigauds et de Paris et de province se sont docilement délectés de *L'Amant de lady Chatterley*, convaincus probablement qu'ils absorbaient là une ressucée du *Pantagruel*. – Les mêmes absorberont avec une égale ingénuité le Renaudot de cette année, assurés de se délecter d'un Rabelais bien tassé. Ainsi l'authentique et joyeux curé de Meudon finira par acquérir auprès de tous ces gens qui jamais ne l'ont lu une réputation bon teint de cochon triste.

Car ce *Voyage au bout de la nuit* n'est pas gai, il s'en faut bien, il est même assez sinistre, ce que nous lui pardonnerions encore s'il n'était de surcroît si long. On se lasse de tout, et même les passionnés, s'il en est, de scatologie, doivent au bout de ces six cents pages bien garnies éprouver des symptômes d'indigestion. Il y a en fait dans ce volume quatre romans : un roman de guerre, un roman colonial, un américain et un médical. Quatre romans dont chacun pris à part eût peut-être été supportable et ou même (car M. Céline ne manque pas de tempérament) on aurait pu discerner d'excellentes parties quoique perdues dans du faux Mirbeau, du faux Zola, voire du faux Goncourt. Servis en un seul livre, ces quatre romans composent un plat écœurant qui provoque rapidement une satiété, nauséeuse. Rien de monotone comme le fade relent de la purulence. Et d'ailleurs, le Mirbeau, le Zola, le Goncourt paraissent aujourd'hui un peu bien défraîchis. Ce romantisme réaliste de l'excrément et de l'odeur d'évier n'est pas d'hier. Sans doute dans la pieuse intention de le rajeunir, le lauréat du Renaudot l'a-t-il corsé d'un style nouveau. Il nomme un chat un chat, tout comme lady Chatterley, mais il s'est avisé, en outre, d'écrire en « français moyen ». C'est-à-dire qu'il brutalise la syntaxe et le dictionnaire pour truffer ces six cents pages de pataquès, de cuirs et des façons gracieuses de s'exprimer qu'ont les pipelets. Par là il prétend reconstituer dans son intégrale naïveté le parler, savoureux en effet quand il coule de source, de l'homme de la rue. Le malheur veut que M. Céline ne manque ni d'éducation classique ni d'une vieille habitude d'écrire correctement. Aussi s'aperçoit-on trop souvent qu'il s'efforce et se fait violence pour avoir l'air naturel dans l'anormal. Ainsi ces acteurs parisiens qui, interprétant un rôle de Marseillais, oublient de temps à autre d'avoir l'accent. Ses héros d'ailleurs sont quelque peu difficiles à manier : non seulement le personnage principal en effet, mais les gens qu'il rencontre sont victimes d'une navrante déformation dont l'origine paraît pathologique. Il voit de la fiente partout et ils en parlent, et ils l'invoquent, et ils s'y intéressent. C'est une sorte d'obsession. Obsession qui trouve son plus bel épanouissement dans la remarquable description de W. C. publics à New York. Reconnaissons au reste que ce passage-là ne manque pas de grandiose, si l'on peut dire. C'est même un des tableaux les mieux « venus » du livre entier. Mais de là aussi se dégage une dégoûtante tristesse. On ne s'amuse pas souvent en voyageant au bout de la nuit. [...]

Paul Bourniquel,
« Rabelais hypocondre »,
dans *La Dépêche*, 29 décembre 1932

Un sous-produit du naturalisme d'antan

Une invitation au voyage est toujours tentante, même si ce voyage doit nous conduire « au bout de la nuit », et c'est celui-là que nous propose M. Louis-Ferdinand Céline. Avant de nous mettre en chemin, nous savons que la route sera longue et que pour arriver où M. Céline s'offre à nous mener il faudra traverser six cent vingt-trois pages d'un texte serré... Encore, paraît-il, M. Céline nous a fait grâce d'autant, car son livre, tel qui l'avait conçu, ne comptait pas moins de quinze cents feuillets. M. Louis-Ferdinand Céline est donc un écrivain abondant. C'est une mode qui se porte volontiers en ce moment chez les romanciers, mode qui nous vient d'Angleterre, d'Amérique et d'Allemagne. J'avoue que le roman ne semble pas gagner beaucoup à adopter ces dimensions démesurées. En tout cas, celui de M. Céline ne contribuera pas à m'en donner le goût. J'ai éprouvé à le lire un lourd ennui, et j'ajoute que ce n'est pas seulement de l'ennui que j'en ai retiré...

Je n'y ai trouvé, en effet, ni sujet ni composition, et la structure en est d'une assez grossière simplicité. C'est ce que l'on pourrait appeler un récit « à tiroirs » sans intrigue, sans action et qui consiste en une suite de tableaux et d'épisodes destinés à nous donner des vues sur la vie, les êtres et sur le narrateur de cette fastidieuse, morne et répugnante confession qui pourrait se continuer indéfiniment, qui commence sans raison et se termine de même. Le narrateur est un sombre bavard et un raseur impitoyable dont il nous faut écouter l'intarissable monologue. [...] Pour le suivre en ce « voyage au bout de la nuit », mettons des bottes d'égoutier et bouchons-nous le nez.

M. Georges Bernanos et M. André Rousseaux ont successivement étudié [...] ce que M. Rousseaux a appelé « le cas » de M. Céline, et ont défini la signification morale de son livre et l'état d'esprit qu'il représente en son pessimisme anarchique. Je ne reviendrai donc pas sur ce point, de même que je n'insisterai pas sur la prédilection maniaque de M. Céline-Bardamu pour les termes scatologiques et pour les images fécales. C'est une forme particulière du « cas » de M. Céline, mais j'aurais quelque dégoût à m'y attarder. Si elle a valu des lecteurs à M. Céline, je veux bien croire qu'il n'y a mis nulle intention et que l'emploi de ces vocables fonctionnels et de ces tenues organiques a pour excuse que leur usage fait partie d'une « esthétique ».

Cette « esthétique » se rattache à l'esthétique du Naturalisme de 1880 que M. Céline continue et à celle des satiristes de tous les temps. À ces derniers on a toujours concédé une certaine liberté et une certaine crudité de langage. [...] Il est convenu, en effet que le satiriste a droit à son franc-parler et que nous devons accepter l'expression de ses violences, aussi bien que l'exagération de ses haines et de ses invectives, mais M. Céline n'a ni la verve ironique d'un Voltaire ni la tragique éloquence d'un Agrippa d'Aubigné. Sa satire est déplorablement dépourvue d'esprit et de lyrisme. M. Céline s'en tient à un réalisme bassement terre à terre que ne relève ni l'originalité de l'observation ni la qualité du style, et cette remarque me mène où je voulais en venir avec M. Céline [...], je voudrais simplement me rendre compte de sa valeur littéraire.

Disons, tout d'abord, qu'elle est un sous-produit ou un sur-produit, comme l'on voudra, du naturalisme d'antan, sa reviviscence informe et son prolongement difforme. Certes, l'art naturaliste peut prêter à bien des critiques, mais il a cependant sa façon d'utiliser les documents humains qui lui servent de base. Il a ses règles de composition, sa technique, son style, ses trucs. De cet ensemble, les romans de Zola nous offrent l'exemple le plus complet. [...] Zola, certes, ne fut pas en style un puriste. Il écrit gros, comme il voit, mais il écrit une langue correcte en sa lourdeur et en sa crudité. Or, cette langue de Zola, je la retrouve chez M. Céline, mais tournée en jargon, devenue parfois presque inintelligible et transformée par un bas apport argotique en une sorte d'affreux langage « populo », dont la vulgarité fabriquée sonne d'ailleurs faux et dont la platitude ne se relève que par les scatologies ordurières sur lesquelles on marche à chaque pas. [...]

Henry de Régnier,
dans *Le Figaro*, 3 janvier 1933

Céline face à ses critiques

Attentif à tout ce qui était écrit sur lui, Céline a souvent remercié les critiques qui l'ont soutenu, tant qu'il l'a été. Mais dès Mort à crédit, *il a surtout retenu les attaques dont il a fait l'objet. Avec le temps, il a de moins en moins été tenté de justifier ses œuvres ou ses actions mais, que ce soit pour ses écrits ou dès qu'il était question de lui d'une façon qui lui déplaisait, il n'a pas manqué de réagir, souvent vertement, pour commenter ou rétablir sa vérité.*

Mon « boulot dura 6 ans »

Mon[*sieu*]r

Laissez-moi vous remercier d'avoir dit un petit mot sur mon gros livre au début de votre chronique des *N*[*ouvelles L*[*ittéraires*] : *Voyage au bout de la Nuit*. Seulem[*en*]t permettez-moi d'élever aussi une petite protestation non comme auteur contre lequel vous avez mille droits de férule mais *d'ouvrier*. Il ne s'agit pas d'un travail entrepris en vue de s'adapter à une mode, ni à la manière de ceci ou de cela. Ce projet remonte à 10 ans. Le boulot dura 6 ans et me tint *50.000 pages manuscrites*. On ne parlait pas à cette époque ni de populisme ni de romans anglais. D'ailleurs si vous avez eu la bonté de jeter ce coup d'œil sur ce monstre vous reconnaît[*re*]z sans aucun doute que ce n'est pas là du travail à façon. C'est tout ce que je voulais vous faire connaître et encore une fois, bien votre obligé

Louis Destouches
Céline

Lettre à Edmond Jaloux,
Paris, 19 novembre 1932

À dans 6 ans

Monsieur,

J'ai lu et relu avec beaucoup d'émotion votre admirable critique de ce matin sur le *Voyage*. Je l'attendais. Vous avez très finement et très profondément raison (je parle de vos griefs). Il faut faire attention à la fatigue… au bavardage, au paradoxe qui les Jours gris tend à remplacer la verve défaillante… On ne délire pas assez franchement, assez simplement. Jamais assez. On veut paraître raisonnable. On a honte, on a tort. Tout cela vieillit si vite… Il faut en [*faire*] énormément pour qu'il en reste un petit peu. Au prochain livre (dans 6 ans) j'aimerais si vous le voulez bien, vous soumettre le manuscrit.

Agréez je vous prie l'assurance de mes sentiments très reconn[aissa]nts

Destouches
Céline

Lettre à Edmond Jaloux,
Paris, 10 décembre 1932

Tout est dans *La Fête des Fous*

Maître

Aujourd'hui seulement ai-je pu trouver *Candide* et votre admirable article qu'il contient ! Quelle leçon ! Quelle splendide leçon !

Vous connaissez certainement Maître l'énorme *fête des Fous* de P. Brughel. Elle est à Vienne. Tout le problème n'est pas ailleurs pour moi…

Je voudrais bien comprendre autre chose je ne comprends pas autre chose. Je ne peux pas.

Tout mon délire est dans ce sens et je n'ai guère d'autres délires.

Je ne me réjouis que dans le grotesque aux confins de la Mort. Tout le reste m'est vain. À bientôt maître et très sinc[*érem*]ent reconnaissant.

Destouches

Lettre à Léon Daudet
Vienne, le 30 décembre 1932

« Vous me faites le grand honneur »

Maître

Je ne lis jamais d'articles parce que tout aimables ou cinglants qu'ils puissent être ils ne traitent pour ainsi dire jamais du livre en lui-même mais de cent petits potins qui font plaisir, soulagent, signalent, situent, dégagent, affirment leur auteur et celui-ci seulement. Tous ces censeurs ont une peur bavarde de se risquer à la critique de la chose en soi. Il est tellement plus facile de garder ses distances…

Il en va tout autrement avec votre article de *La Dépêche de Toulouse*. Il ne me semble pas que vous alliez encore au fond des choses mais déjà vous me faites le grand honneur de vous intéresser à autre chose qu'à ma valeur morale, à la couleur de mon patriotisme et à l'insuffisance de mes sentiments filiaux. Une écœurante niaiserie, une mièvrerie prétentieuse et passionnée tient lieu de toute recherche.

Depuis Balzac (tout respect à Balzac), les critiques ne semblent plus rien vouloir apprendre sur l'Homme. L'échelle est tirée. L'énorme école freudienne est passée inaperçue. Toute la haine raciale n'est qu'un truc à élections. Le tourment esthétique n'est même pas murmurable. C'est une délivrance, Monsieur, de vous avoir trouvé sur un chemin que les esprits semblent déserter avec frénésie, celui de la pensée libre.

Bien reconnaissant

L.-F. Céline

Lettre à Albert Thibaudet,
fin janvier ou tout début février 1933

« J'écris comme je parle […] je vous prie de le croire »

Cher confrère

Tout d'abord ma très vive reconnaissance pour l'article que vous le tout premier vous avez bien voulu me consacrer. Je ne sais ce qu'il me faut admirer le plus, votre bienveillance ou votre courage ! Surtout que vous avez dû éprouver de votre public de très vives réactions. Il est plus (bien) facile de m'accabler que de me défendre ! Je le sais.

Maintenant aux querelles !
Griefs de l'argot : truc, procédé, manière, artifice, [*un mot illisible*] etc. !

Mais non ! J'écris comme je parle, sans procédé, je vous prie de le croire. Je me donne du mal pour rendre le « parlé » en « écrit », parce que le papier retient mal la parole, mais c'est tout. Point de tic ! Point de genre en cela ! De la condensation c'est tout. Je trouve quant à moi en ceci le seul mode d'expression possible pour l'émotion. Je ne veux pas narrer, je veux faire RESSENTIR. Il est impossible de le faire avec le langage académique, usuel – le beau style. C'est l'instrument des rapports, de la discussion, de la lettre à la cousine, mais c'est toujours de la grimace et du figé. Je ne peux pas lire un roman en langage classique. Ce sont là des PROJETS *de romans, ce ne sont jamais des romans. Tout le travail reste à faire. Le rendu émotif n'y est pas*. Et c'est lui seul qui compte. D'ailleurs cela est tellement exact que sans camaraderie, forcerie, complaisance, pénurie, *on ne les lirait plus depuis longtemps !* Leur langue est *impossible, elle est morte*, aussi illisible (en ce sens émotif) que le latin. Pourquoi je fais tant d'emprunts à la langue au « jargon », à la syntaxe argotique, pourquoi je la forme moi-même si tel [est] mon besoin de l'instant ? *Parce que vous l'avez dit elle meurt* vite cette langue. Donc elle a vécu, elle VIT tant que je l'employe. Capitale supériorité sur la langue dite pure, bien française, raffinée, elle TOUJOURS MORTE, morte dès le début, morte depuis Voltaire, cadavre, *dead as a door nail*. Toute le monde le sent, personne ne le dit, n'ose le dire. Une langue c'est comme le reste, ÇA MEURT TOUT LE TEMPS, ÇA DOIT MOURIR. Il faut s'y résigner, la langue des romans habituels est morte, syntaxe morte, tout mort. Les miens mourront aussi, bientôt sans doute, mais ils auront eu la petite supériorité sur tant d'autres, ils auront pendant un an, un mois, un jour, VÉCU. Tout est là. Le reste n'est que grossière, imbécile, gâteuse vantardise. Dans toute cette recherche d'un français absolu il existe une niaise prétention, insupportable, à l'éternité d'une forme d'écrire, une seule, en français ! le joli style ! la jolie momie ! Bandelettes ! Ne rien risquer. Vite en momie ! C'est le mot d'ordre de tous les lycées. Bandelettes ! Encore suis-je moins cruel qu'Élie Faure. « La plupart du temps les artistes sous prétexte d'art s'arrangent pour faire plus mort que la mort, ils lui ajoutent un poids spécifique que la mort n'a pas. La mort possède encore une espèce de vie… »

Votre ami
Céline

Lettre à André Rousseaux,
24 mai 1936

Sont-ils jaloux de mon expérience vivante ?

Cher Maître,

La critique (en général) fait preuve contre mon nouveau livre d'une partialité écœurante. Il s'agit de me faire payer cher le succès du *Voyage* (acquis en grande partie grâce à vous). Tous les moyens sont bons pour me faire passer pour un rusé, un farceur, un maniaque, enfin et surtout bien plus *grave* pour un *ennuyeux* !… Rien n'y manque ! On ne me lit même pas. Le siège est fait ! Il s'agit de nuire le plus possible et de propos délibéré, sans aucune élémentaire probité morale ou artistique. Évidemment tout ceci est classique. Dans un art quelconque les ratés formant une proportion de 999/ 1000 tout ce qui n'est pas raté provoque une révolution, un déluge de haines. Bon. Mais il me peinerait beaucoup que ce mascaret bileux vous empêchât au moins de me lire. Je me suis très sincèrement appliqué à cet ouvrage, énormément à vrai dire. J'y ai passé depuis quatre ans mes jours et mes nuits, en plus de ma misérable pratique au dispensaire (1 500 francs par mois). Je ne suis pas riche, j'ai une fille et une mère à ma charge. Le *Voyage* a rapporté environ 1 200 *francs de rente mensuels*. Je cite ces chiffres parce qu'ils disent bien les choses telles qu'elles sont. Pour *Mort à crédit* je me suis crevé littéralement. Je l'ai fait le mieux que j'ai pu. Si ceux qui se permettent si lâchement, si impunément de me « piloriser » possédaient le vingtième de ma probité et de mon application, le monde deviendrait aussitôt un édénique séjour, et j'avoue alors que ma littérature deviendrait injuste. Mais nous n'en sommes pas là. On me fait aussi, profondément je crois, le grief de rompre avec toutes les formes académiques classiques, consacrées. J'écris dans une sorte de prose parlée, transposée. Je trouve cette manière plus vivante. Ai-je le droit ? Cette forme a ses règles, ses lois, terribles aussi, vous le savez bien. Que d'autres essaient. Ils verront. J'ai effacé mon travail derrière moi, mais il existe. Autre chose, on me reproche aussi de n'être point latin, classique, méridional (caractères bien définis… élégance… mesure… joliesse… etc). Je suis très capable d'apprécier les diverses beautés du genre, mais bien incapable de m'y soumettre !… Je ne suis pas méridional. Je suis parisien, breton et flamand de descendance. J'écris comme je sens. On me reproche d'être ordurier, de parler vert. Il faut alors reprocher à Rablais [*sic*], à Villon, à Brughel, à tant d'autres… Tout ne vient pas de la Renaissance. On me reproche la cruauté systématique. Que le monde change d'âme, je changerai de forme. D'où me viennent tous ces puristes soudains ? Je ne les vois pas s'élever contre les films gangsters ! contre *Détective* ! contre tant de pornographies qui sont elles sans excuses… C'est que ces puristes sont aussi des lâches. Ils ne risquent rien surtout anonymement à vider leur petit fiel contre un auteur solitaire, ils risquent trop contre les formidables intérêts du film ou d'Hachette. Lèchebottes d'un côté ou farouches défenseurs moraux selon l'intérêt du bifteak. Sont-ils jaloux de mon expérience vivante ? Évidemment je n'ai jamais été au lycée. J'ai fait mes bachots, ma médecine, tout en gagnant ma vie. On apprend beaucoup par ce moyen. C'est peut-être ce qu'on me pardonnerait le moins facilement. Enfin je suis médecin. On hait les médecins, leur expérience aussi. En écrivant des livres du genre que vous savez, je risque beaucoup d'être éliminé de partout, de perdre mes emplois. Je ne fait pas de la littérature de repos.

Enfin on me reproche ce qu'on appelle la *confusion*… L'autre ne me trouve pas vraisemblable ! J'écris dans la formule *rêve éveillé*. C'est une formule nordique. Ah ! comme je serais heureux que vous me réserviez un article, non pour me louer (cette demande ne serait digne ni de vous ni de moi), mais pour définir clairement comme vous seul pourriez le faire, avec votre immense autorité, ce qui existe et ce qui n'existe pas dans mon livre.

Croyez-moi toujours, cher Maître très sincèrement reconnaissant et amical

Louis Destouches

(L.-F. Céline)

Lettre à Léon Daudet,
vers fin mai 1936

Il y a deux façons de raconter des histoires

[…] En d'autres temps votre magnifique article porterait ma confusion au comble ! Vous empruntez les armes du diable ! Je me sentirais perdu ! Mais hélas il faut à se perdre la jeunesse ! la mienne n'est plus. Et le remède aussi est à côté du mal ! Tant de haine ! Tant d'injustice, si aveugle ! Ah ! Je me sens bien protégé ! Je n'ai rien à craindre. Et j'ai le plaisir de vous lire et moi de vous comprendre. Vous brûlez si j'ose dire, mais vous savez, je suis Breton et je pense que certaines confidences ne doivent jamais être faites. Le parfum de tout s'évapore et je crois avec René que certains mots ne devraient servir qu'une fois. Je suis discret tout en dépit des apparences. Pour ce qui concerne la langue vous avez raison. Je l'ai écrit un jour à Brasillach. Il me semblait qu'il y avait deux façons de raconter des histoires. La classique, l'habituelle, l'académique qui consiste à se faufiler d'un incident à l'autre, virer, tourner en surface, si j'ose dire, avec cent cahots, trébuchages, rattrapages tant bien que mal, méli mélo, tohu bohus, encombrements, cafouilleries, grimaces, ronds de jambes et de phrases, sauts de ruisseaux, canivaux, dérapages, manières, collisions, etc…, le chemin des voitures dans la rue… et puis, l'autre, descendre dans l'intimité des choses, dans la fibre, le nerf, l'émotion des choses, la viande, et aller droit au but, à son but, dans l'intimité, en tension poétique, constante, en vie interne, comme le « métro » en *ville interne* droit au but, une fois le choix fait, il faut rester dans la même conviction, dans la tension intime, une fois pour toutes, dans l'intimité de la vie, tenir ainsi l'histoire. […]

Lettre à Claude Jamet
Paris, avril 1944

Je ne serai pas cruel

Monsieur,

Du train où vous y allez dans *Le Figaro littéraire*, je ne peux plus imaginer que Gustave Lanson, et bien mort, pour ne point vous sembler suspect !

J'ai toujours lu vos chroniques avec grand intérêt et nous avons même je crois correspondu autrefois avec sympathie… et vous en êtes arrivé là ! Chénier explique tout ceci vous le savez dans « la Peur »… Je ne serai pas cruel. C'est à mon tour d'être indulgent, à un engagé des 2 guerres, mutilé 80 p 100, médaille militaire depuis octobre 1914 ! Je ne défendrai pas Montherlant il se défend très bien tout seul la preuve. Il s'en tire sans une égratignure… mais nous sommes quelques-uns à crever de crimes imaginaires… Dans votre revue des écrivains de la génération vous comptez pour rien Morand ? qui représente auj[*ourd*]'ui pourtant nos « *Ouvert la nuit* » ?… Est-ce Aragon-Balzac ? George Sand-Triolet ? Vous êtes trop avisé… non en vérité la dégringolade est complète. Trop de guerres ont épuisé le sang. Nous en sommes aux sangs de navet… Et de navets fous d'eux-mêmes !

Précisément ce que j'ai voulu Monsieur éviter, épargner le sang. Rien d'autre ! Vous me ferez l'honnêteté de le penser et de m'épargner l'injure. Je tiens beaucoup à votre estime. Je sais que le martyr[*e*] comporte l'outrage et le crachat des imbéciles. Je ne vous range pas parmi ces derniers c'est beaucoup de ma part.

J'ai fait trop d'envieux pour m'en tirer je le sais. Mille fois plus toréador que Montherlant moi je suis vraiment descendu dans l'arène, en personne, et la bête m'a éventré, je gis, Monsieur, Je n'en ai plus pour longtemps, et je vous salue, mais ne m'insultez pas. Votre article est plein d'insultes, informulées mais présente[s].

Gardez mon estime.

L. F. Céline

Lettre adressée de prison
à André Rousseaux
Copenhague, le 1er mai 1947

Ah ! que vous êtes loin du problème

Mais non, satané damné vieux con,
ce n'est pas de grossièreté qu'il s'agit,
mais de transposition du langage parlé
en écrit !

Vous dire merde, ce n'est rien…
Vous botter le cul pas grand chose…
mais faire passer tout ceci en écrit, voilà
l'astuce... l'impressionisme !

Ah ! que vous êtes loin du problème.
Allez, signez des listes noires ! des
proscriptions, mouchardez ! fliquez !
bourriquez ! Vous n'êtes bon qu'à ça !

L.-F. Céline

Lettre à André Billy,
Copenhague, 22 octobre 1947

Vous n'y êtes pas encore

Monsieur,

Je vous remercie pour la bonne surprise que j'ai éprouvée en lisant votre article dans les « Lettres françaises ». L'on ne m'y injuriait pas ! dénonçait pas ! Comme c'est amusant !

Encore un petit effort et *les Lettres Françaises* finiront par avoir de l'espri t ! Pour la vérité des choses, puisque l'occasion m'est offerte, je dois vous avouer que je n'ai jamais lu *une* ligne d'Aragon, ni d'aucun autre surréaliste – non par mépris, dédain, que diable, mais simplement parce que le temps m'a manqué, même en prison.

Par contre Aragon m'a beaucoup lu lui, et sa femme, puisqu'ils m'ont traduit, et *d'office*, le *Voyage*, dès 1934.

Pour le reste la transposition du langage parlé en écrit, sa recréation vous n'y êtes pas encore… Vous brûlez certes… mais tout de même d'assez loin… Vous êtes-vous jamais demandé quel diable poussa les Impressionnistes à sortir du Jour d'Atelier ? On travaille si bien dans un Atelier… mais c'est dehors qu'on se mouille… Ainsi du cœur et c'est le cœur le style.

LF Céline

Lettre aux *Lettres françaises*,
27 mai 1948

Vous savez tout ceci bien sûr !

Cher Monsieur,

Vous allez me trouver encore bien pleurnichard et chichiteux mais je ne veux pas vous laisser penser que j'étais indifférent à Buchenwald etc… N'en serait-ce tenu qu'à moi personne n'y serait allé, bigre ! N'ai-je point prévenu noir sur blanc qu'une nouvelle guerre serait une catastrophe, que l'armée française fouterait le camp, et qu'il s'ensuivrait mille horreurs, que ceux que vous savez nous poussaient vers le gouffre, et que nous n'en sortirions pas…

Vous savez tout ceci bien sûr !

Déjà splendide que votre journal vous laisse reconnaître de très hauts mérites à mes livres ! Je suis comblé !… où vais-je nicher mes atrabiles de touriste moi et mes complices, à Hanovre, à Hambourg, au moment des feux d'artifices, que n'ai-je compris toute la faveur qui nous était faite ? n'importe qui à ma place, vous, tenez, frappé par la Grâce aurait compris le grand message, aurait crié : vive la pénitence ! vive la mort ! serait sauté sur le premier bûcher et je vous assure y avait le choix !

Votre bien reconnaissant

LF Céline

Lettre à André Rousseaux,
8 juillet 1960

« Pour tuer le chômage, tueront-ils les chômeurs ? »

Dernier texte médical que le docteur Destouches ait rendu public, cet article a été publié pour la première fois en mars 1933, sous son nouveau nom de plume, alors qu'il venait d'étudier en Allemagne « la médecine pour les pauvres et les chômeurs ». Il y dresse un constat très critique de la situation.

La Section d'Hygiène de la S.D.N. ayant entrepris l'étude, au cours de ces derniers mois, des répercussions du chômage et de la misère du chômage sur l'état de santé de la population des pays « en crise », Allemagne et Angleterre en particulier, les experts ne purent découvrir parmi les statistiques (les plus sérieuses) le moindre signe d'aggravation de la morbidité ou de la mortalité qu'on puisse imputer raisonnablement de façon directe ou indirecte à la misère du chômage, ni recrudescence de tuberculose à observer, ni aggravation qualitative ou quantitative des affections courantes, sauf peut-être un peu plus de rachitisme chez les enfants (d'après certains auteurs). L'aspect des choses s'est sans doute un peu modifié depuis la grippe récente, mais encore ne peut-il s'agir que de conjectures statistiques passagères.

En somme, les répercussions du chômage sur la santé publique (quantitatives tout au moins) sont à peu près nulles jusqu'à présent. Peut-être faut-il attendre pour être fixé quelques mois encore ou quelques années.

Comment s'éteindra le chômage ? Par la disparition graduelle des chômeurs. La paucinatalité, les maladies intercurrentes finiront en cinquante ans par résorber tous les « sans-travail ». Voici ce qu'on ne dit pas clairement mais ce qu'on prédit tout doucement dans les milieux informés. Et en attendant ? Chez les Anglais le chômeur mange très chichement ; certes, portion congrue mais somme toute presque suffisante, tandis qu'en Allemagne, l'allocation mensuelle de 250 francs environ condamne dans la réalité le chômeur à mourir de faim lente. Les pouvoirs publics envisagent-ils cette conséquence avec franchise ? Oui et non. Toute une main-d'œuvre occulte, clandestine immense est fournie en Allemagne au petit commerce par le chômage à des prix « défiant toute concurrence ». Voici le minuscule « boni » et le fragile miracle qui permet à un grand nombre de chômeurs de subsister en dépit de leur condamnation à mort logique. Cette misérable fraude se poursuit en dépit d'une surveillance plus ou moins sincère. Un grand nombre de chômeurs joint encore les deux bouts grâce aux secours occasionnels des parents ou d'âmes charitables. Les mendicités diverses, la prostitution entretiennent un certain contingent et puis, finalement, ceux qui ne trouvent aucune combinaison annexe doivent tout de même se résigner à disparaître ; très lentement il est vrai. Certains confrères allemands bien renseignés m'affirment qu'il faut environ quatre années à 250 francs par mois pour mourir complètement de faim.

Les enfants des chômeurs peuvent, eux, presque tous être alimentés en suffisance, plus ou moins bien, mais enfin, régulièrement. L'État, les Villes y pourvoient. Les résultats de cette alimentation ne sont pas brillants, mais la véritable faim ne les saisit vraiment qu'après l'enfance. Jusqu'à ce moment, les pouvoirs publics et la charité s'en occupent.

Dans l'ensemble, peut-on considérer que cette misère allemande est irrémédiable et que sa cruauté est absolument proportionnée à la crise économique ? Non. *La courbe du chômage n'est pas très modifiable, mais par contre le facteur humain joue le plus grand rôle dans la plus ou moins grave sévérité de la courbe de misère.*

Expliquons-nous : sur quatre Allemands, le premier mange beaucoup trop, les deux autres mangent à leur faim, le quatrième crève lentement de sous-alimentation. Voilà un problème qu'un enfant de dix ans, moyennement doué, mais non empêtré, abruti par la politique et l'égoïsme, pourrait résoudre en dix secondes. Les sophismes se pressent à la place des actes au moment où interviennent toutes les délicates, hypocrites et intelligentes restrictions pour adultes, qui, eux, ont appris à raisonner brillamment sur des bases absolument et délibérément faussées. Un problème, humainement parlant, ne présente plus d'intérêt quand on s'est juré, tacitement, de ne point le résoudre. Il ne s'agit pas de capitalisme ou de communisme. Dans le cas allemand, il s'agit d'ordre et de bonne foi. On ne fait jusqu'ici que taquiner la grande misère du chômage : on l'excite, on l'énerve, on s'en fait une propagande, une chemise, une espérance, un parti, mais au fond on s'en fiche énormément ; on pense à tout, à soi surtout, mais pas à elle.

Tous ceux qui connaissent le problème dans son intimité pourront vous faire comprendre en dix minutes qu'en organisant *sans rien brusquer, ni violer*, les strictes ressources de l'Allemagne actuelle imparties au chômage, en mettant un terme à l'anarchie grotesque qui règne dans les services administratifs chargés des secours, en les unifiant, en standardisant leurs méthodes de prélèvement et de distribution, l'État posséderait déjà depuis longtemps de quoi faire vivre tous les chômeurs allemands et leurs familles. *La misère allemande, c'est avant tout et surtout la pagaïe.*

L'avenir ? Il est possible que dans l'entourage d'Hitler se trouve le dictateur au chômage qui organise enfin cette misère anarchique et la stabilise à un niveau raisonnable. C'est le truc d'un Hoover mort ou d'un Nansen vivant.

Pendant la guerre, l'Allemagne eut à nourrir *toute sa population* dans des conditions bien plus périlleuses et précaires que celles d'aujourd'hui ; seulement, alors, c'était la guerre avec toute son hystérie collective, son but, sa passion commune. Il est facile d'imposer des disciplines farouches aux masses fanatisées. Hitler, lui, tout fuhrer qu'il est, aura bien du mal à sortir de ce marasme alimentaire imbécile ; la paix n'intéresse personne et la fraternité embête tout le monde. Il lui sera difficile en vérité d'obtenir un morceau de sucre, pour organiser la paix allemande, tandis qu'on lui donnera pour la guerre tout le sang qu'il voudra.

Devant les hommes toujours, la même question se pose : s'ennuyer ou pas.

L.-F. Céline,

Le Mois, 1er février-1er mars 1933

Sur l'antisémitisme de Céline

Personne aujourd'hui ne peut contester le fait que les pamphlets de Céline soient profondément antisémites. Le débat sur cette question tourne davantage à l'analyse pour échapper à l'explication trop simpliste qui voudrait que le peuple français ait été à cette époque majoritairement antisémite. Céline reflet de son époque, soit, mais aussi Céline laissant libre cours aux haines qui l'habitaient qui, pour lui, n'étaient guère que des bagatelles.

C'était le groupe contre l'homme seul

Comment devient-on raciste, commet-on cette faute absolue contre l'esprit que sont la discrimination, l'insulte raciales et, plus précisément l'antisémitisme ? Chaque individu, bien entendu, vit avec ses contradictions, ses zones d'ombre et de lumière. Il faudrait témoigner d'une singulière naïveté pour prétendre expliquer toutes les facettes d'un caractère, cerner toutes les raisons d'un comportement. L'histoire, la sociologie, la psychologie, la psychanalyse n'y peuvent rien. Subsistent en chacun de nous un noyau dur, une irréductible opacité. On ne peut que tourner autour et tenter d'éclairer des aspects seulement fragmentaires de cette mystérieuse (et peut-être douteuse) unité qu'on appelle un homme. Pour en revenir à Céline et à son antisémitisme, plusieurs réponses permettent seulement de dissiper une partie de l'énigme.

1. L'antisémitisme de Céline remonte au plus loin de son enfance, bien entendu. Le monde d'avant Dreyfus, d'avant l'Exposition universelle de 1900, représentait pour lui un paradis imaginaire donc idéal. Son père clamait que les Juifs étaient la cause de tous les maux, de tous les déclins. Si le commerce de la dentelle ne marchait plus, par exemple, c'était la faute des Juifs ! Comment de tels propos n'auraient-ils pas laissé de traces dans la conscience de l'adolescent, de l'adulte ? Dès son enfance, l'antisémitisme avait été banalisé, une chose contemporaine de son entrée dans la vie, dans la conscience, c'est-à-dire dans le sentiment de la mort. De là à associer les Juifs à l'idée même de décadence…

2. À l'origine de tout antisémitisme, il faut rechercher les haines personnelles, les aigreurs, les humiliations que l'individu dilate ensuite au rang des jugements d'espèce, comme pour se justifier de ses échecs, chercher la vengeance la plus mesquine, la plus facile, la plus générale possible. Cette attitude très petite-bourgeoise, pourquoi Céline en aurait-il été exempt ? Il s'était senti barré, rejeté de la Société des Nations où officiait au Bureau d'hygiène son protecteur Ludwig Rajchman. Au dispensaire de Clichy, Gregoire Ichok usurpait ce qu'il considérait être sa place de plein droit. Elizabeth Craig si passionnément aimée

l'avait délaissé pour un Américain dont il soupçonnait les origines juives.
Les Soviets, tous juifs à ses yeux (Staline pourtant avait déjà commencé à liquider ses rivaux), refusaient ses ballets.
La gauche regroupée autour de Léon Blum faisait le tir de barrage contre *Mort à crédit*. Pas question toujours de monter ses ballets à l'Exposition universelle de 1937. C'était trop. C'était intolérable. C'était une conspiration. C'était le groupe contre l'homme seul, les Juifs contre Céline. Il fallait réagir.

3. L'antisémitisme de l'écrivain rejoignait bien entendu les courants pacifistes de l'époque. Tout plutôt que la guerre ! Comme l'a écrit Léon Poliakov disséquant cette idée trop répandue, « était-il concevable que, menacé comme il l'était par Hitler, le Juif international ne s'emploie pas à provoquer une mobilisation générale ? Par conséquent, sus au Juif ». Céline le forcené, le blessé de 14, qui avait gardé de la guerre une vision hallucinée, était donc disposé à tous les excès pour prévenir de nouveaux massacres. Les pages les plus saisissantes de *Bagatelles* et surtout de *l'École des cadavres* développent cette idée fixe :

« Éviter la guerre par-dessus tout. La guerre pour nous, tels que nous sommes, c'est la fin de la musique, c'est la bascule définitive au charnier juif.

« Le même entêtement à résister à la guerre que déploient les Juifs à nous y précipiter. Ils sont animés, les Juifs, d'une ténacité atroce, talmudique, unanime, d'un esprit de suite infernal, et nous ne leur opposons que des mugissements épars.

« Nous irons à la guerre des Juifs. Nous ne sommes bons qu'à mourir… »
Et Léon Poliakov de constater :
« Le style démentiel exprime ici des terreurs qui ne l'étaient pas moins, et qu'il ne fallait pas être antisémite pour partager. »

Bagatelles, en somme, Céline aurait pu l'adresser à ses amis avec la même dédicace que Bernanos à Jacques Vallery-Radot sur son exemplaire des *Grands Cimetières sous la lune* : « Ce livre que je voudrais jeter dans la gueule affamée des imbéciles afin de les empêcher de dévorer le monde. »

4. S'étonner des théories racistes de Céline, c'est oublier aussi l'hygiéniste qu'il a toujours été. L'auteur de *Voyage au bout de la nuit* restait obsédé par l'idée de décadence. Une France abâtardie, des Français alcooliques aux digestions impossibles, voilà bien les fléaux qu'il dénonçait depuis longtemps. Il n'y a pas si loin entre certains développements de ses romans et les arguments de ses pamphlets. Partout la même obsession de la race, les Chinois en France, la mort d'une civilisation, etc. Les notions hitlériennes de peuple élu, de peuple aryen, de sang pur, de discipline et d'hygiène pouvaient trouver en lui un terrain déjà favorable, déjà préparé.

5. Analysant dans *Mea culpa* l'idéologie communiste, Céline avait bien montré le danger de tous ces systèmes qui élaborent des lendemains radieux, qui forcent les hommes à être heureux selon leur unique conception du progrès. L'imposture suprême, pensait-il, c'était l'espoir. Car c'est l'espoir qui invente les otages et les condamne, qui inspire les règlements de comptes, qui peuple les goulags. Plongé dans la misère, Céline s'obligeait jusque-là à cette attitude limite qui consistait d'abord à dénoncer l'imposture de toute révolte, c'est-à-dire de tout espoir. L'homme était maudit. Le progrès était un leurre. Et c'est à cette position difficilement soutenable qu'il renonce brutalement lorsque la guerre menace, lorsque à une misère d'ordre existentiel se superpose l'imminence de

catastrophes historiques sinon planétaires. Avec les pamphlets, tout se passe comme si Céline cédait à l'espérance, trouvait enfin l'explication des maux qu'il dénonçait. Juifs, communistes et francs-maçons, on pouvait maintenant les désigner, ils étaient la faute de tout. La « connerie aryenne » faisait le reste. Les passagers de *l'Amiral Bragueton* dans le *Voyage*, les commis de magasins dans *Mort à crédit*, tous ces individus miséreux, souffreteux, accablés, humiliés, qui s'efforçaient de diffamer le narrateur, de créer un misérable plus misérable encore qu'eux-mêmes, juste pour se distraire, se rassurer, échapper un instant à leur propre cauchemar, Céline les avait bien dénoncés dans ses deux premiers romans. Et voilà qu'il basculait maintenant de leur côté. Il cherchait et trouvait des boucs émissaires. Comme s'il ne pouvait échapper à sa peur, ne supportait plus sa solitude sceptique, voulait à tout prix des *réponses*.

6. Un dernier point. Il faut toujours garder à l'esprit l'image d'un Céline blessé, solitaire, renfermé dans ses bourdonnements d'oreilles, ses maux de tête, ses hallucinations auditives. Quand une crise venait, quand il souffrait, il ne voulait plus voir personne, il éconduisait brutalement ses visiteurs, coupait court, se repliait dans son bureau, s'allongeait, se reposait puis écrivait. Céline l'excessif délirait. L'écriture l'abritait, le projetait de l'autre côté de la vie – du côté du rêve, de la féerie, de la colère peu importe, mais dans un état où il ne se sentait plus responsable. « Il me manque encore quelques haines, je suis certain qu'elles existent », avait-il écrit en épigraphe de *Mea culpa*. Ces haines qu'il entretenait et développait avec une vigueur si intolérable, encore une fois elles étaient à ses yeux des haines fictives, des haines solitaires, des haines rhétoriques, pas des haines réelles et personnalisées. Si bien qu'il pouvait dire à Pierre Dumayet par exemple, pour l'émission télévisée « Lecture pour tous » du 17 juillet 1959, avec toute la conviction de sa sincérité : « Ah, je ne me vois pas violent du tout. Ah, mais pas le moins du monde. Je n'ai jamais été violent. J'ai toujours soigné avec beaucoup de douceur, si j'ose dire, tous ceux qui m'ont approché. J'ai sauvé énormément de gens, d'animaux, de… » Répétons-le, l'écriture ne comptait pas. À peine se rendait-il compte de ses effets. Pourquoi Ludwig Rajchman s'était-il vexé de *l'Église* ? Pourquoi les Juifs lui en voulaient-ils après la guerre ? Il jouait l'étonné parce qu'il était vraiment étonné. Il n'avait fait qu'écrire, que développer une rhétorique prodigieuse, des bagatelles, rien de plus. L'homme Céline était aigri, renfermé, sourcilleux, méfiant, coléreux, économe, débrouillard, voyeur et tout ce qu'on voudra. Mais il n'y avait pas en lui de cette méchanceté agressive et raciste à l'égard de tel ou tel individu. Ses haines, ses médiocrités peu réfléchies, il les réservait, il les amplifiait dans la solitude convulsive de l'écriture – cet autre monde. Il en jouait aussi. Il voulait en rire. L'Histoire ne l'avait pas encore rattrapé. Les cauchemars hitlériens, des cauchemars bien réels cette fois, n'avaient pas encore donné un écho catastrophique aux siens.

Il existe en tout cas deux arguments qu'il faut balayer pour expliquer l'antisémitisme de Céline – arguments souvent avancés et du reste contradictoires. D'abord cette idée que Céline n'était pas antisémite mais qu'il avait utilisé ce terme générique, abstrait, pour désigner toutes ses peurs, toutes ses cibles : l'alcoolisme, la guerre, les marchands de canons, etc. C'est faux. Au départ, il y a un antisémitisme fondamental de Céline, celui de cette petite-bourgeoisie aigrie et inquiète dont il épouse les caractéristiques. Simplement Céline amplifie dans un deuxième temps cet antisémitisme, le hisse au rang d'un délire et d'une condamnation universelle des maux de l'humanité. Et l'idée ensuite que Céline aurait écrit ses pamphlets, mû par une seule rage suicidaire, pour se poser en victime, pour cultiver l'art de se mettre dans son tort. Autrement dit pour jouer au persécuteur afin de mieux revendiquer plus tard le rôle de persécuté. L'hypothèse est séduisante. Céline est souvent victime de délires paranoïaques, il se juge en proie à des malveillances, des conspirations infinies. Mais voilà, ses pamphlets vont, en 1937 et 1938, dans le sens du plus grand nombre de lecteurs, ils les flattent, les amusent, les provoquent. Ce n'est que plus tard, après la Libération, que Céline le proscrit, le solitaire, entretiendra, avec une délectation morbide parfois, tous les malentendus et les incompréhensions qui l'avaient fait haïr, comme s'il ne puisait sa force que dans l'amertume et l'hostilité dont il était l'objet.

Frédéric Vitoux,
La Vie de Céline,
Grasset, 1987

Céline scandale

Céline a touché de trop près à l'impensable pour que tout ce qui le concerne ne soit pas marqué par la confusion. L'interdiction qui pèse sur la réédition de ses pamphlets tend à les transformer en mythes. La plupart des lecteurs des romans ne les connaissent que de deuxième ou de troisième main, par des citations sélectionnées en fonction des visées du critique. Il s'ensuit périodiquement des réactions de surprise éberluée. Tantôt : je ne m'imaginais pas qu'il puisse y avoir de telles horreurs. Tantôt je n'imaginais pas qu'il y avait de si beaux passages, ou si drôles. Si ces écrits polémiques étaient réédités sous la forme où ils devraient l'être, comme des documents, ces lecteurs des romans y découvriraient eux-mêmes d'un côté ces beaux passages, mais de l'autre aussi, dans les séries de pages où son obsession domine Céline, à quoi elle peut le réduire.
Ils auraient la confirmation de ce qu'ils pressentent bien à la lecture des romans : que tant de trouvailles et de finesses à la ligne, une telle densité de texte ne sont pas obtenues sans beaucoup de travail, et que, dans les pages où Céline est en proie à l'urgence de dire ses peurs et ses haines, il ne précipite la rédaction qu'à ses risques et périls. Romans ou pamphlets, c'est bien le même homme qui écrit, et on distingue sans peine les éléments communs : une même présence du narrateur, peu à peu rapprochée d'une figure de l'auteur jusqu'à lui devenir asymptotique ; un même besoin d'établir avec le lecteur une relation toujours étroite mais ambivalente, qui passe de la complicité à l'hostilité et de là à la violence ; un même mélange de récit et de commentaires, mais en proportion inversée, commentaires et assertions occupant l'essentiel du texte dans les pamphlets ; une part de l'imaginaire, celle qui touche de plus près au fantasme ; une part du style : l'invention lexicale et ses réussites ponctuelles. Mais avec tout cela, en deçà même de tout jugement moral, des pages et des pages d'un tel ressassement qu'il fallait que les lecteurs des années trente et quarante soient eux-mêmes souvent gagnés d'avance à cette cause pour faire à ces livres un tel succès.

Ce sont eux pourtant où les plus récents critiques de Céline nous invitent à voir le cœur de son œuvre. Ils s'appuient sur ces indéniables éléments communs pour minimiser la différence entre romans et pamphlets, et finalement la nier : Céline n'aurait jamais eu en tête que de propager son idéologie, et que le roman y aille là où le pamphlet ne peut plus passer. C'était déjà le cas, nous suggère-t-on, avec *Voyage au bout de la nuit* et *Guignol's Band*, mais avec plus de modération, de timidité, à moins que ce ne soit de prudence. (*Mort à crédit*, qui ridiculise l'antisémitisme et l'antimaçonnisme dans la personne du père, est en général épargné sur ce plan.) La dénonciation la plus virulente a pour cible les quatre derniers romans, *Féerie pour une autre fois*, *D'un château l'autre*, *Nord* et *Rigodon*, qui ne seraient qu'une expression détournée, masquée, obligée à se déguiser en fiction – par là d'autant plus dangereuse –, d'une idéologie qui n'a pas changé. *Bagatelles pour un massacre* et *Féerie pour une autre fois*, même combat, *mutatis mutandis*.

On aimerait que ceux qui jettent ainsi l'anathème sur ces quatre romans nous disent s'ils ont beaucoup d'exemples à leur opposer, d'un écrivain en pleine maîtrise de ses moyens, prenant en charge un moment capital de l'histoire de son siècle, y trouvant pour son imaginaire un matériau électif, ainsi mis en mesure d'en porter toutes les virtualités jusqu'à leur limite par l'invention de tant de visions, de personnages et de scènes inoubliables, le tout dans une prose d'une telle richesse. Dans ces quatre livres qui n'en font à vrai dire qu'un, Céline donne un tableau que lui seul pouvait donner de la dernière année de la guerre, vue de Paris puis d'un peu partout en Allemagne, et de l'homme tel qu'il s'y manifeste. Avec lui la littérature parvient à se saisir de ce qui semblait devoir lui échapper, à commencer par ce phénomène de bombardements, que plus d'un écrivain a tenté de rendre, mais en s'y cassant les dents, et qui, depuis Céline, n'a pas cessé d'être, en tant de points de ce monde, le signe de reconnaissance de notre siècle.

[…] Il reste qu'il est aussi nécessaire pour les uns de savoir ce qu'ils acceptent que pour les autres de savoir ce qu'ils refusent exactement dans Céline. Dans ces romans, nous consentons à lire ce que nous rejetons au premier mot s'il nous arrive de le rencontrer, à l'oral ou à l'écrit, de la part de gens qui n'ont pas la force de Céline romancier. Est-ce sacraliser la littérature ? lui subordonner la morale ou l'oublier ? Mais il est parfaitement possible de lire Céline et de conserver intactes et actives nos convictions, qui sont le contraire des siennes. Ce n'est rien d'autre que reconnaître dans la littérature une réalité qui est d'un autre ordre que la morale, qui coïncide parfois avec elle et parfois ne coïncide pas, et qui a sa valeur propre ; un pouvoir qu'a l'homme de se refléter et de se réfléchir en tirant sens et plaisir de ce qui est son bien inaliénable, le langage.

Henri Godard,
Céline scandale, Gallimard,
rééd. « Folio » 1998

L'amnésie pousse à l'anticipation

Il est curieux de constater que, dans la plupart des analyses qu'on a pu faire des pamphlets, les thèmes secondaires qui y sont aussi traités n'ont pratiquement jamais été mis en rapport avec l'antisémitisme qui en constitue le centre. Pourtant, sous leur aspect inoffensif, ces thèmes – la danseuse, l'urbanisme, l'école, l'information, la langue française, le christianisme, etc. – jouent un rôle capital d'inducteurs sans lequel le racisme des pamphlets n'aurait pu être ce qu'il est. Je pense qu'il faut donc étudier de près ces thèmes, qui n'ont apparemment rien à voir avec le délire où ils sont pris, et qui pourtant donnent sa spécificité à ce délire.

Pour le bon sens, il paraît évident que les pamphlets sont aussi des livres de Céline, même s'ils ont été exclus depuis la dernière guerre de ses œuvres complètes. Or, personne ne s'est avisé de tirer les conséquences d'un phénomène qui mérite cependant qu'on s'y arrête : celui de la rapidité d'exécution des livres polémiques par rapport à la lenteur de composition des romans. La différence est en effet frappante : quatre ans de travail pour *Voyage* ou *Mort à crédit*, des années pour les *Guignol's Band*, trois ans pour *D'un château l'autre*, trois ans également pour *Nord*. Quant à *Rigodon*, c'est la mort qui en a interrompu le remaniement. [...]

Les pamphlets, en revanche, ont tous été crachés en quelques mois, et il n'est plus alors question d'infirmités : six mois pour *Bagatelles*, encore moins pour *L'École* ou *Les Beaux Draps*. Rage de l'élocution, frénésie, haine tambour battant : il y a là quelque chose qui relève pour le moins de l'éjaculation précoce, d'un court-circuit laissant le sujet pantelant, frustré dans son érotisation transcrite en sténo. Comme disait Lacan : « C'est précisément au fait que son désir est suspendu à la fonction imaginaire de l'*ego* que le sujet doit le court-circuit de l'acte, dont la clinique psychiatrique montre clairement qu'il est lié à l'identification narcissique au partenaire. » On a cela très perversement exposé dans l'exécution, en quelque sorte sommaire, des pamphlets ; sauf qu'il s'agit surtout d'un renforcement de l'*ego* communautaire s'identifiant narcissiquement à un partenaire condensé, *le* Juif, auquel est prêtée une capacité de jouissance indépassable et mystérieuse.

[...] L'antisémitisme est une amnésie religieuse sur le déjà dit. C'est cette amnésie, bien plus qu'un quelconque cynisme banal, qui lui fait écrire tant d'énormités, et pas seulement dans les pamphlets, dans des lettres aussi, contemporaines des premiers romans : « Demain l'Europe entière sera fasciste et pour longtemps ! L.-F. Céline ira en prison aussi. » Ou encore : « Les Juifs sont un peu menacés mais seulement très peu et je ne crois pas que cela devienne jamais grave. »

L'amnésie pousse à l'anticipation. D'une certaine manière, les pamphlets sont les romans d'anticipation de l'abjection historique imminente. Avec *Bagatelles* en décembre 1937, puis avec *L'École* en novembre 1938, Céline est en avance sur le processus de persécution. Il s'en fera d'ailleurs une gloire au début de l'Occupation : « Pour devenir collaborationniste, j'ai pas attendu que la Commandanture pavoise au Crillon. » Il aura même à cœur de rester à l'avant-garde du mouvement avec la publication dès 1941 des *Beaux Draps* – dont le premier titre fut *Notre-Dame de la Débinette* – où il annonce la prochaine débâcle du nazisme à un moment où l'euphorie règne dans les rangs des collaborateurs. La précipitation de l'éjaculation précoce stylistique entraîne l'anticipation du discours. Le sujet emporté est, à la lettre, empêché de revenir en arrière, la mémoire lui est interdite, il ne peut plus relire le monde. Il est poussé en avant par son propre oubli. C'est aussi l'aventure des temps modernes.

Philippe Muray, *Céline*,
Gallimard, rééd. « Tel », 2001

REPÈRES CHRONOLOGIQUES

1894 Le 27 mai, naissance à seize heures, 11, rampe du Pont à Courbevoie de Louis-Ferdinand Destouches.
1904 Décès de Céline Guillou, grand-mère de Louis.
1907-1909 Après le certificat d'études primaires, Louis est envoyé en Allemagne puis en Angleterre.
1910-1912 Mis en apprentissage.
1912 Le 28 septembre, devance l'appel et signe un engagement de trois ans au 12e régiment de cuirassiers à Rambouillet.
1914 Le régiment est engagé dans la bataille de la Marne. Le 27 octobre, Louis est blessé par balle au bras droit au retour d'une mission de liaison pour laquelle il s'était porté volontaire. Le 24 novembre, il reçoit la médaille militaire.
1915 Rejoint Londres où il est affecté au bureau des passeports du consulat général de France. Le 16 décembre, il est réformé.
1916 Le 10 mai, s'embarque pour Douala. Il est affecté comme « surveillant » puis « gérant de plantation ».
1917 En mai, est de retour à Londres. À la fin de l'année, travaille à *Eurêka*, une revue de vulgarisation scientifique.
1918 En mars, engagé comme conférencier par la Fondation Rockefeller. À la fin de l'année, quitte la mission et prépare son bac.
1919 Le 2 juillet, obtient la seconde partie de son baccalauréat. Le 19 août, épouse Édith Follet et emménage à Rennes. En novembre, s'inscrit au certificat d'études physiques, chimiques et naturelles à la Faculté des sciences de Rennes.
1920 En mars obtient le PCN puis s'inscrit à l'École de médecine de Rennes.
1921 En mars, est reçu au premier examen de médecine et en juillet au deuxième.
1922 En novembre, est reçu au troisième examen de médecine puis autorisé à poursuivre ses études à Paris.
1923 En avril, est reçu au quatrième examen et au cinquième en juin. Fait des remplacements et inscrit sa thèse.
1924 Le 1er mai, soutient sa thèse de médecine à Paris. En juin, est engagé par la Fondation Rockefeller et mis à la disposition de la section d'hygiène de la Société des Nations.
1926 Le 21 juin, le tribunal de Rennes prononce son divorce.
1927 Ouvre un cabinet médical à Clichy et quitte la SDN.
1929 Commence ses vacations au dispensaire municipal de Clichy en même temps qu'il travaille comme « rédacteur » au laboratoire pharmaceutique « La Biothérapie ».
1932 Le 14 mars, décès de Fernand Destouches, son père. Le 15 octobre, parution de *Voyage au bout de la nuit* chez Denoël.
1935 À la fin de l'année, rencontre la danseuse Lucette Almansor.
1936 Le 25 mai, parution de *Mort à crédit* et le 28 décembre de *Mea culpa*.
1937 Le 24 décembre, parution de *Bagatelles pour un massacre*.
1938 Le 24 novembre, parution de *L'École des cadavres*.
1939 En décembre, s'engage à titre civil comme médecin de bord sur un paquebot réquisitionné, le *Chella*.
1940 En mars effectue un remplacement à l'hôpital de Sartrouville. En juin, accompagne avec Lucette la colonne d'évacuation de la mairie de Sartrouville. De retour à Paris le 14 juillet, reprend son service à Sartrouville. À partir de décembre, effectue des vacations au dispensaire de Bezons.
1941 En mars, parution des *Beaux Draps*.
1943 Le 23 février, épouse Lucette Almansor.
1944 Le 16 mars, parution de *Guignol's Band, I*. Le 17 juin, Louis et Lucette quittent Paris en train pour Baden-Baden. Fin octobre, ils se rendent à Sigmaringen.
1945 Le 6 mars, décès de Marguerite Destouches, la mère de Louis. Le 24 mars, ils quittent Sigmaringen pour le Danemark. Le 19 avril, un mandat d'arrêt est lancé contre Céline. Le 17 décembre, ils sont arrêtés ; Lucette est libérée le 28.
1947 Libéré le 24 juin, Céline s'engage sur l'honneur à ne pas quitter le Danemark sans autorisation.
1948 Louis et Lucette quittent Copenhague et s'installent à Klarskovgard.
1949 En décembre, Frédéric Monnier publie *Casse-pipe*.
1950 Le 21 février, la Cour de justice de Paris condamne Louis Destouches, par contumace, à un an de prison, à 50 000 F d'amende, à la dégradation nationale et à la confiscation de ses biens à concurrence de la moitié. Il est déclaré en état d'indignité nationale. Il fera opposition au jugement.
1951 Le 20 avril, le tribunal militaire de Paris amnistie Louis Destouches. Le 1er juillet, Louis et Lucette quittent Copenhague pour Nice puis regagnent Paris le 23. En octobre, ils s'installent 25 ter, route des Gardes à Meudon.

1952 En juin, Gallimard publie *Féerie pour une autre fois, I.*
1953 En septembre, ouvre un cabinet à son domicile de Meudon.
1954 En juin, parution de *Féerie pour une autre fois, II. Normance*. À partir du 1er juin, *La Nouvelle NRF* publie en cinq livraisons *Les Entretiens avec le professeur Y*.
1957 En juin, parution de *D'un château l'autre*.
1959 En mai, parution de *Ballets sans musique, sans personne, sans rien*, illustrés par Éliane Bonabel.
1960 En mai, parution de *Nord*.
1961 Le 30 juin, achève la seconde rédaction de *Rigodon*. Le 1er juillet, décède à Meudon d'une rupture d'anévrisme.

BIBLIOGRAPHIE

Les œuvres de Céline sont disponibles en collection « Folio » ou « L'Imaginaire » et dans la « Bibliothèque de la Pléiade ». Les pamphlets ne sont pas disponibles.

Autres écrits de Céline

- « Cahiers Céline », 1 à 8, Gallimard, 1976-1989 – repris dans « Les Cahiers de la NRF ».
- « Textes et documents », 1 à 3, BLFC, 1979-1985.
- *Lettres à son avocat*, La Flûte de Pan, 1984.
- *Maudits soupirs pour une autre fois*, Gallimard, 1985.
- *Lettres à Tixier*, La Flûte de Pan, 1985.
- *L'Année Céline*, annuel depuis 1990, coédition Du Lérot-Imec Éditions.
- *Lettres à la N.R.F.*, Gallimard, 1991.
- *Céline & les Éditions Denoël*, Imec Éditions, 1991.
- *Lettres à Marie Canavaggia*, Du Lérot Éd., 1995.
- *Lettres de prison à Lucette Destouches et à Maître Mikkelsen*, Gallimard, 1998.

Biographies

- François Gibault, *Céline*, trois volumes, Mercure de France, 1977-1981-1985.
- Jean-Pierre Dauphin et Jacques Boudillet, *Album Pléiade*, Gallimard, 1977.
- *Catalogue de l'exposition Céline*, Lausanne, Edita, 1977.
- Frédéric Vitoux, *La Vie de Céline*, Grasset, 1976.

Sur Céline

- Frédéric Vitoux, *Céline, misère et parole*, Gallimard, 1973.
- *Revue des Lettres modernes*, Série L.-F. Céline, cinq numéros, 1974-1988.
- Jean-Pierre Dauphin, *Les Critiques de notre temps et Céline*, Garnier, 1976.
- Jean-Pierre Dauphin, *Essai de bibliographie des études en langue française consacrées à Louis-Ferdinand Céline*, Lettres modernes-Minard, 1977.
- Pierre Monnier, *Ferdinand furieux*, L'Âge d'homme, 1979.
- Jean-Pierre Richard, *Nausée de Céline*, Fata Morgana, 1979.
- Philippe Muray, *Céline*, Le Seuil, 1981, rééd. Gallimard, 2001.
- Jean-Pierre Dauphin et Pascal Fouché, *Bibliographie des écrits de L.-F. Céline*, BLFC, 1985.
- Henri Godard, *Poétique de Céline*, Gallimard, 1985.
- Jean Monnier, *Elizabeth Craig raconte Céline*, BLFC, 1988.
- Marie-Christine Bellosta, *Céline ou l'art de la contradiction : lecture de* Voyage au bout de la nuit, Presses Universitaires de France, 1990.
- *70 critiques de Voyage au bout de la nuit*, Imec Éditions, 1993.
- Alphonse Juilland, *Elizabeth & Louis*, Gallimard, 1994.
- Henri Godard, *Céline scandale*, Gallimard, 1994, rééd. « Folio », 1998.
- Michel Bounan, *L'Art de Céline et son temps*, Éditions Allia, 1997.
- Véronique Robert avec Lucette Destouches, *Céline secret*, Grasset, 2001.

TABLE DES ILLUSTRATIONS

COUVERTURE

1er plat Louis Destouches vers 1920, photo d'identité. Collection F. Gibault. Portrait de Céline en 1934, par Gen Paul, lithographie en couleurs, hors-texte du tirage de tête des *Cahiers de l'Herne*, 1963.
2e plat Céline à Meudon en 1959, photographie de François Gragnon. Archives Paris-Match.
Dos Détail du 1er plat.

OUVERTURE

1-7 Extraits d'interviews Céline. Céline à Meudon en juillet 1960, photographies de Pierre Duverger. Archives IMEC, Fonds Céline/Collection Duverger.
9 Céline vers 1912. Collection F. Gibault.

CHAPITRE 1

10 Louis Destouches vers 1916. Collection É. Follet.
11 Louis Destouches vers 1896. Collection F. Gibault.
12h Les familles Destouches et Guillou vers 1895. Collection F. Gibault.

12b Louis Destouches et ses parents, Marguerite et Fernand, vers 1905, photographie de J. Lauga. Collection F. Gibault.
13 Le passage Choiseul vers 1900. Paris, musée Carnavalet.
14 Louis Destouches enfant. Collection F. Gibault.
15 Louis Destouches lors de son premier séjour en Angleterre, en 1909. Collection F. Gibault.
16h Louis Destouches en congé de convalescence à Paris, vers 1915. Archives Gallimard.
16m Extrait de la première page du manuscrit « Des Vagues », daté du 17 avril 1917. Collection A. Bernard.
17 Louis Destouches à Paris en 1916, photographie de Simone Saintu. Archives Gallimard.
18h Couverture de la revue *Eurêka*. Paris, Bibliothèque nationale de France.
18g Louis Destouches et Édith Follet le jour de leur mariage, 10 août 1919 à Quintin (Côtes-du-Nord). Collection F. Gibault.
19 Page de titre autographe du manuscrit de *Voyage au bout de la nuit*. Collection C.-R. Denoël.
20g Épigraphe manuscrite de *Voyage au bout de la nuit*. Collection particulière.
20d Couverture de l'édition originale de *Voyage au bout de la nuit*, Denoël et Steele, 1932. Collection particulière.
21 Le jury Goncourt, dessin de Cabrol paru dans *Lecture du soir*, 17 décembre 1932.
22-23 Diverses éditions du *Voyage au bout de la nuit*. Archives IMEC, Fonds Céline.
24h Extrait d'une lettre de Céline à Erika Irrgang, avant l'attribution du prix Goncourt de 1932. Collection F. Gibault.
24m Les journalistes devant le restaurant Drouant, à Paris, 7 décembre 1932, photographie publiée dans *Les Annales politiques et littéraires*, 9 décembre 1932, photographie de Kitrosser.
25h En-tête d'un article de Léon Treich dans *L'Ordre*, 9 décembre 1932.
25d Les lauréats du prix Goncourt de 1932, *Le Matin*, 8 décembre 1932.
25m Titre de l'interview de Lucien Descaves par Maurice Sicard dans *Lecture du soir*, 10 décembre 1932.
26h « Qu'on s'explique », dans *Candide*, 16 mars 1933.
26g Errika Irrgang. Collection F. Gibault.
26d Karen Marie Jensen, photographie de Lindequist. Collection F. Gibault.
27 Dactylographie avec corrections et ajouts autographes du manuscrit de *Mort à crédit*, reproduit dans *Céline* de Marc Hanrez, Gallimard, 1961.
28-29h « Robert Denoël part en campagne » dans *Cœmedia*, 17 juillet 1936.
28-29m Version censurée et version intégrale d'une page de l'édition originale de *Mort à crédit*. Collection J. Dauchez.
29 Robert Denoël dans son bureau en 1936. Collection C.-R. Denoël.
30 Lucette Almansor. Collection F. Gibault.
31 « Les Amis de la Butte », illustration de Ralph Soupault pour « Avenue Junot » de Marcel Aymé, reproduit dans *Je suis partout*, 13 août 1943.
32 Céline à Meudon en 1959, photographie de François Gragnon. Archives Paris-Match.
33h Gaston Gallimard en 1958. Archives Gallimard.
33b Lettres de Céline à Gaston Gallimard, 8 février 1955 et 20 mai 1956. Archives Gallimard.

CHAPITRE 2

34 Céline en 1935. Collection Colin W. Nettelbeck.
35 Ordonnance du dispensaire de Clichy par le docteur Louis Destouches. Collection P. Cheymol.
36g L'hôpital de Douala où fut soigné Céline lors de son séjour en Afrique en 1916, photographie de R. Grillot.
36d Carte postale de Louis Destouches expédiée de Sierra Leone à Simone Saintu en 1916. Archives Gallimard.
37h Louis Destouches et la mission Rockefeller à Rennes en 1918. Collection F. Gibault.
37b Louis Destouches à Rennes en 1920. Collection F. Gibault.
38 Céline (en haut à droite) avec le personnel de la clinique Tarnier, décembre 1922. Collection particulière.
39 Couverture de *La Vie et l'œuvre de Philippe Ignace Semmelweis (1818-1865)*, thèse de doctorat en médecine de Louis Destouches, Rennes, Francis Simon, 1924. Collection particulière.
40-41 Louis Destouches et les membres de la mission Rockefeller à Toronto en 1925. Collection F. Gibault.
41 Lettre de Louis Destouches expédiée de Lagos à Florence Read, secrétaire de la mission Rockefeller à New York, 1er mai 1926. New York, The Rockefeller Foundation Archives.
42h Lettre de Louis Destouches expédiée de Genève à Albert Milon. Collection F. Gibault.
42b Louis Destouches à Rome, reçu par Mussolini avec les « Échangistes » (4e en partant de la gauche), 3 décembre 1925. Collection F. Gibault.
43 Couverture de *La Quinine en thérapeuthique*, Doin, 1925. Collection particulière.
44h Prospectus rédigé

CHAPITRE 3

dans *Paris-Presse-L'Intransigeant*, 5 juillet 1961, photographie de C. Lechevalier.
73b Jaquette de l'édition originale de *Rigodon*, Gallimard 1969.

CHAPITRE 4

74 Céline à Meudon en juin 1957, photographie de François Pagès. Archives Paris-Match.
75 Couverture de *Voyage au bout de la nuit* illustré par Tardi, Gallimard/Futuropolis, 1988.
76-77 Extrait de la première page des trois versions successives du manuscrit d'*Entretiens avec le professeur Y*. Collection New York University.
76-77m Extraits d'une interview de Céline par Louis Pauwels et André Brissaud, 1959.
78-79h « L'Argot est né de la haine. Il n'existe plus », article paru dans *Arts*, 6-12 février 1957.
78m Céline à Meudon en juin 1957, photographie de François Pagès. Archives Paris-Match.
78-79h Extrait de *Féerie pour une autre fois,* Éditions Gallimard.
80 Illustrations de Tardi, dans *Voyage au bout de la nuit*, Gallimard/Futuropolis, 1988.
81 Illustration de Tardi, dans *Mort à crédit*, Gallimard/Futuropolis, 1991.
82b Pages d'*Une version initiale du premier chapitre de « Voyage au bout de la nuit »*, Paris, Balbec, 1987. Collection particulière.
82-83 Chez Céline à Meudon, photographie de François Pagès. Archives Paris-Match.
84-89 Les trois premières pages du manuscrit de *Voyage au bout de la nuit* (Paris, Bibliothèque nationale de France) et les trois premières pages du tapuscrit corrigé (collection particulière).
90h Le dernier acte de *L'Églis*e dans la mise en scène de Charles Gervais, Lyon, théâtre des Célestins, 2 décembre 1936, photographie de J. Berger. Collection F. Gibault.
90b Affiche de la mise en scène de *Mort à crédit*, Avignon, théâtre du Balcon, 1987.
91 Illustration de la main de Céline pour *Scandale aux Abysses*, dans *La Brinquebale avec Céline* d'Henri Mahé, La Table ronde, 1969.
92 Abel Gance et Céline, dans les années 1930. Collection particulière.
92b Jean Rougerie et Jean Saudray dans les rôles de Céline et du professeur Y d'*Entretiens*, Antony, Théâtre Firmin-Gémier, 1975, photographie de D. Cande. Collection particulière.
93h Fabrice Luchini dans *Voyage au bout de la nuit*, Paris, Théâtre de la Gaîté-Montparnasse, 1997.
93b Fabrice Luchini dans *L'Arrivée à New York*, théâtre de la Gaîté-Montparnasse, 2001.
94-95 Céline à Meudon en 1959, photographie de François Gragnon. Archives Paris-Match.
96 Céline chez Marcel Aymé, à Grosrouvre, photographie Izis. Archives Paris-Match.

TÉMOIGNAGES ET DOCUMENTS

97 Extrait d'une lettre de Céline à Robert Denoël sur la composition et la couverture de *Voyage au bout de la nuit*, vers septembre 1932. Collection C.-R. Denoël.

INDEX DES ŒUVRES ET ÉCRITS DE CÉLINE

INDEX GÉNÉRAL

A

B

C

D

E - F - G

CRÉDITS PHOTOGRAPHIQUES

© L. Destouches pour l'ensemble des documents reproduits, à l'exception de :

© Adagp : 1er plat couv. ; © Futuropolis/Gallimard : 80-81 ; AKG Paris/Daniel Frasnay : 70b ; APIS : 67 ; Archives Gallimard : 16h, 17, 33h, 33b, 36d, 71h, 73h, 75 ; Archives IMEC, Fonds Céline : 22-23 ; Archives IMEC, Fonds Céline/Coll. Duverger : 1-7 ; Enguerand/Sophie Steinberger : 93h ; Brigitte Enguerand : 93b ; Izis : 68b ; Dominique Jochaud : 128 ; C. W. Nettellbeck : 34 ; Opale/Pierre Vals : 63 ; *Paris-Match*/François Gragnon 2e plat, 32, 94-95 ; *Paris-Match*/François Pagès : 68h, 72, 74, 78m, 82-83 ; *Paris-Match*/Izis : 96 ; *Paris-Match*/Simon : 69b ; Roger-Viollet/Lipnitski : 59b.

REMERCIEMENTS

L'auteur tient à remercier tout particulièrement François Gibault, auteur de la première biographie de Céline qui reste aujourd'hui indispensable. Il a généreusement mis à notre disposition l'importante documentation iconographique qu'il a constituée depuis de nombreuses années. L'auteur et l'éditeur remercient également Alban Cerisier, Jean-Pierre Dauphin, André Derval, Dominique Jochaud, Bénédicte Nambotin et Liliane Phan pour leur précieuse collaboration.

ÉDITION ET FABRICATION

DÉCOUVERTES GALLIMARD
COLLECTION CONÇUE PAR Pierre Marchand.
DIRECTION Élisabeth de Farcy.
COORDINATION ÉDITORIALE Anne Lemaire.
GRAPHISME Alain Gouessant.
PROMOTION & PRESSE Béatrice Foti et Pierre Gestède.
SUIVI DE PRODUCTION Fabienne-Brifault-Dandé.
SUIVI DE PARTENARIAT Madeleine Gonçalves.

CÉLINE, « ÇA A DÉBUTÉ COMME ÇA »
ÉDITION Caroline Larroche.
MAQUETTE ET MONTAGE Laure Massin.
ICONOGRAPHIE Caroline Larroche.
LECTURE-CORRECTION Jocelyne Marziou et Catherine Lévine.
PHOTOGRAVURE Turquoise.

Pascal Fouché est historien de l'édition et auteur d'ouvrages sur des écrivains du XXe siècle. Il a notamment publié avec Jean-Pierre Dauphin une *Bibliographie de L.-F. Céline* (prix Guizot de l'Académie française) en 1985. Il a participé aux séries consacrées à Céline par la *Bibliothèque de Littérature française contemporaine* et la *Revue des Lettres modernes*. Il a réalisé l'édition du « Cahier Céline n° 7 », *Céline et l'actualité 1933-1961* (Gallimard, 1986) avec Jean-Pierre Dauphin, celle du « Cahier Céline n° 8 », *Progrès suivi Œuvres pour la scène et l'écran* (Gallimard, 1988). Il a également édité la correspondance de Céline avec Gallimard sous le titre *Lettres à la NRF 1931-1961* (Gallimard, 1991).

À Jean-Pierre Dauphin

Dépôt légal : septembre 2001
Numéro d'édition : 02475
ISBN : 2-07-076239-4
Imprimerie Kapp, à Evreux, France